文芸社セレクション

蘇る「湖の伝説」

～続　耽游疑考

佐々木 保行

文芸社

目次

一、蘇る「湖の伝説」……4
二、「颪」に出会った時……93
コラム1～「Simple is best」の国語的証明……107
三、「狼」に嚙みついた男……109
四、妄想の中の「文系物理」……130
五、追悼　葉室麟……152
コラム2～「十万分の一の偶然」……177
六、スポーツ・テレビ観戦雑感……181
七、「脱殻」に魅せられた日々……202
あとがき　223

一、蘇る「湖の伝説」

私が、三橋節子《みつはしせつこ》さんを知ったのは、彼女の描いた絵からではない。哲学者梅原猛氏が、『隠された十字架　法隆寺論』『水底の歌　柿本人麿論』『黄泉の王　私見・高松塚』『さまよえる歌集』と立て続けに書いた古代史の著作を読んだ後に、彼女のことを書いた『湖の伝説　画家・三橋節子の愛と死』を読んだ時である。おそらく八〇年代の初めの頃のことと思う。情熱的な梅原氏が、一回りも若い夭折した女性画家の生き様に感動し、その遺した作品群に感銘を受け、迸るような筆致で書いたこれほどの伝記兼作品解説は、他に知らない。梅原氏自身の専門分野である哲学はもとより、文学・歴史・宗教・美術の造詣の深さをベースに、京都市立芸術大学学長の人脈を生かした三橋節子さんの家族・関係者への綿密な取材や対話によって、三橋節子さんの実像に誰よりも迫ろうとすると同時に、節子さんが余命幾許もない晩年、利き腕を失って左手で描いた渾身の作品に込められた深い意味を可能な限り探ろうとする。梅原氏の勢いに圧倒されたこともあって、私はたちまち三橋節子さんを尊敬すべき画家と位置付けることになる。以来私の「三橋節子像」は、良くも悪くも梅原氏の目・頭を通

節子画室にて

じて形成されてしまっている。

それから三〇年は過ぎたろうか、私は偶然にも滋賀県のゴルフ場で年に数回の頻度でプレーを楽しむ機会に恵まれた。その大阪への帰り道に、高速道路のサービスエリアでの実演販売で、砂糖きなこをたっぷり塗した三井寺《みいでら》ゆかりのきなこ餅が気に入って、何度か買い求めて持ち帰ったことがあった。その説明書きにこのきなこ餅の由来、あの弁慶の「三井寺の引き摺り鐘」が書いてあって、ああ、いつか三井寺に行こう、と決めていた。

そんなことが続いていた二〇二〇年三月に娘夫婦が東京から、滋賀の浜大津に転居してきて、何かと大津へ行く機会も増え、そうこうしているうちに娘が出産ということになったので、より足繁く妻と大津に足を運ぶことになった。しかし当座は、娘の世話とその近所のおばあちゃんの作るうまい和菓子（あんこもの）に魅了されて、すっかり三井寺のことは忘れていた。しかし、娘の暮らすマンションから琵琶湖とは反対側の山側を見ると、なんとあの三井寺が間近に見えるのである。ついに三井寺に行ける、その日が来た。

急に行くことになって、三井寺の「予習」もせずに、妻と二〇二一年夏の暑い盛りに出かけた。三井寺の仁王門を抜けて、できるだけ日陰を見つけながら歩いて、鐘楼に差し掛かった。これがあの「弁慶の引き摺り鐘」か、と独り合点して、写真を撮って、上の方にある唐院・三重塔を眺め、勧学院を通り、観音堂を経由して、土産物店に辿り着いて、創業文化七年の伝統をもつきなこ餅を食べることにした。ここのきなこ餅は、先に食べたものよりもかなり抹茶の多いきなこで、色も鮮やかな緑色であった。どちらがいいかは好みの問題だろう。そんなことで三井寺から娘のマンションに戻って、ゆっくりリーフレットを眺めてびっくり。なんということか、私が見た鐘は、「弁慶の引き摺り鐘」ではなかったのだ。あの鐘楼から右手の上の方に行かねばならなかったのに、暑いのでついつい楽をしたために……。なんと馬鹿なことをしたと反省しきりだった。私が見たあの鐘は、一体なんだったのか？　リーフレットには、日本三銘鐘「三井の晩鐘」と書いてあった。待てよ、どこかで聞いたことがある。そうだ、あの梅原氏の書いた『湖の伝説』に出てきた、あの「三井の晩鐘」ではないか。私の心は、半分救われた気持ちだった。家に戻って、『湖の伝説』を探したが、どうしても見つからない。他の梅原氏の古代史の本はちゃんとあるのに、どうして。そして思い当たった。あれはのちに退職した後輩に貸したままだったのだ。こうして、初めての三井寺訪問は、不完全燃焼と同時に、「三橋節子」という蘇った関心事に目を向けさせてくれる機会となった。次に行く時は、必ず「弁慶の引き摺り鐘」と三井寺にほど近い「三橋節子美術館」に行こうと決めたのだった。そんな中で、娘は第一子を無事出産したが、間もなく東京に引っ越すことになって、大津へ行く機会もなくなった。

まあ、取り敢えず、Amazonで『湖の伝説』を買って、もう一度読み直そうと思った。三〇年の時を経て、滋賀の土地勘も多少は加わって読む『湖の伝説』は、梅原氏の懐かしい「熱弁」が聞こえるような書き振りに煽られたこともあって、三橋節子さんの壮絶な一生と近江民話を題材にした病の中で描かれた作品が激しく心に迫ってきた。これは、以前に読んだ時以上の熱い思いであり、梅原氏の息遣いと共に、感動の波が私を何度も襲ってきた。私は、梅原氏になり切っていたように思う。

そして、ついに二〇二三年一月大津市の長等《ながら》にある「三橋節子美術館」訪問が叶った。こぢんまりした展示場をおよそ一時間かけて見た後、冷たい雨の降る中を親切な職員の方の案内で、節子さんが夫鈴木靖将氏と暮らし、そこで絵を描いたというお宅と、枯葉に数粒の実が残る節子さんゆかりの菩提樹を見た。節子さんが見た琵琶湖を望む風景と冬の風を感じながら美術館を後にして、隣の三井寺を再訪し、今度はしっかりと、「三井の晩鐘」を間近に見て聴き（琵琶湖にまで響き渡る荘厳で胸を震わせるような音だった）、「弁慶鐘」を確かめてきた。しかし、今しがた見てきた三橋節子さんの絵画のことで胸一杯の中での三井寺参詣だった。

（一）三橋節子さんと病

梅原猛氏は、前掲書の中で、不幸に見舞われたことによって、真の詩人たらしめた例として、菅原道真と柿本人麿をあげた後でこういう。

「三橋節子を芸術家たらしめたものは、彼女を襲った苛烈な運命であったことはまちがいない。しかし、不幸が襲ってきても、人はすべて芸術家になるわけではない。不幸の中で、彼が真の芸術家となるには、やはり、すでに彼は魂の高貴さ純潔さと共に、人生の深淵を見る眼を用意していなければならぬ。」（四〇ページ）と書いた後で、節子さんが高貴さ純潔さと共に持つ「人生の深淵を見る眼」について、

「もしも、三橋節子が、すでに前から彼女を襲った暗い運命を予感し、その予感によって、あの暗い運命に耐え、死の不安におののきつつも、尚、生と愛のすばらしさを歌うことができたのだとすれば」との仮定の下で、幼児時代の二つの受難経験がどこかで深く関わっているのではと指摘する。

私は、不幸に見舞われた芸術家が、真の芸術家たらしめた例で、梅原氏が菅原道真と柿本人麿を挙げた時に、四〇歳で全聾となった後にも名曲を書いた「ベートーヴェン」を想起した。同じ「不幸」であっても、芸術家にとって表現手段やインスピレーションの元となる体に異変が生じ、もはや使えない、もうとても思うような表現ができないそういう状況なのである。「画家の利き腕」「作曲家の聴覚」という点で道真や人麿の政治的な迫害という不幸な境遇（その中にあって真の芸術家として大成してい く）とは次元が些か異なる。高校二年になる前の春休みに読んだロマン・ロランの『ジャン・クリストフ』は、ベートーヴェンの長編伝記でもあり、どうしてこんな奇跡的なことができるのか、それにしてもベートーヴェンの不屈の生き様に深く感動した記憶が蘇ってきた。彼は、全聾となった後に、私の好きな交響曲七番に続き、八番を書き上げ、ピアノ三重奏曲『大公』をさらに歌劇『フィデリオ』を、そして美しいピアノソナタ二七～三二番へ、さらに壮大な『ミサ・ソレムニス』へと続き、五四歳であの交響曲『第九』を書き上げる。私にとって、この小説形式の伝記の読破は、今思えば、高校二年～三年の夏過ぎまで、一心不乱に文学にのめり込む端緒となった記念碑的なことだった。

梅原氏はこうも指摘する。

「順境においてはそんなに目立たなかった人間が、一度不幸がおとずれると、とたんにその人のどこにそのような才能がかくされていたのかと思われるような才能を発揮し、尋常な人間には到底なすことが出来ない大きな仕事をなすことがある。」（前掲書一一五ページ）として、日本の歴史において……（この）典型的な例（は）、（あの赤穂浪士の首領で主君の仇討ちを果たす）大石良雄だという。「三橋節子は、……思い切って言えば、病気が彼女を訪れる時まで、彼女は何ら目立った人間ではなかった。……彼女は、大石型人間といってよかろう。」（同一一六ページ）と。

なるほどと思う。会社生活をしていても、多かれ少なかれ苦境に直面して想像できないような才能を発揮して、大きくなっていった先輩・同輩・後輩を見てきたし、不幸にして潰れていった人も見てきた。これは何も個人に限ったことではない。徳川二六〇年の眠りから、蒸気船によって叩き起こされた日本が、明治維新によって、君主制の近代的な国家建設を成し遂げていく、それ自体当時の世界情勢からして、極めて特異なプロセスでもあった。しかし、個人にせよ、民族や国家にせよ、こうした奇跡的なことを成就していけるには、それなりの背景があることも見逃せない。何も特別な運・不運では片付けられない、個人や民族・国家の決定的とも言えるほど説得性のあるポテンシャルをそれ以前から、育み、内包していたからに他ならない。そのポテンシャルを、決して意図的ではない「全く自分ではどうしようもない不幸な契機」によって、開花を刺激され、逆に大輪の花を咲かせて見せたということである。節子さんについても、それが追々明らかになる。

そして梅原氏は、その感動の根源について語る。
「われわれが三橋節子に感動するのは、その芸術と共にその人生なのである。……芸術に何より必要なのは精神性である。そしてその精神性は、作家の生き方と深くかかわっている。……死に直面した彼女が琵琶湖の伝説に託してえがいたテーマは、専ら愛と死ということであった。……この愛と死こそ、人間精神の故郷であり、この愛と死の世界の中に、人間の精神性が保存されていると私は思う。」（五二ページ）と総括し、彼女の作品（つまり画家としての彼女）について、その精神性に着目して、作品の詳細な解説を始める。

梅原猛氏の描いた「三橋節子像」とは異なって、「人間　三橋節子」を生々しく捉えたのが、二〇一九年に刊行された植松三十里氏の『空と湖水』（文藝春秋社刊）である。ここには、節子さんの、女性として、母として、人間としての苦悩が、夫や両親、舅・姑との赤裸々な会話を丁寧に再現するという手法で、浮き彫りにされる。その中で、興味深いエピソードがいくつも語られる。梅原氏のように、作品解釈にまで深く踏み込んではいないが、十分読者を感動させるものが、節子さんの周りに展開される。それらのエピソードを私の感想（節子さん・靖将さんと「さん付け」している部分）を交えて紹介したい。

①節子が二〇代の最終盤の頃、初めて気に入った（のちに夫となる）同じ絵画研究会仲間の鈴木靖将を追いかけて捕まえ、自宅に招いて、母の鍋焼きうどんを食べさせる場面。

靖将さんの次の誘いが待てど暮らせど来ないのに業を煮やし、節子さん自ら滋賀の大津の彼の自宅に押しかけて再会するくだりは、何とも微笑ましい。（これには節子さんの母の珠さんさえも驚く）

②靖将のプロポーズ「恋愛する女は、恋愛せえへん女よりも、深く人生を知ることができる。結婚する女は、……もっと深く人生を知ることができる。結婚して子を持つ女は、……もっともっと深く人生を知ることができる。君は絵描きやし、人生を深く知る必要があると、僕は思う」（七四ページ）に対し、節子が、結婚しても絵

が描けるか、お嫁さんらしいことできなくとも、お義母さんと上手にやっていけるのか、と不安を吐露する。

こうした節子さんの不安を、靖将さんは全て温かく包み込み、結婚を決意するのである。いくら本人同士の意志さえあれば結婚できるとはいえ、家族の協力と絶対的な信頼なくして、こんなプロポーズなどできない。

③結婚して、二人の子供をもうけ、夫との二人展で絵も売れ出す、という幸せの絶頂の頃に、突然襲った病魔で利き腕の「右腕切断」の宣告。夫の嗚咽の中で呆然とする節子。絵は描きたい、でも左手ではできない。右腕を切断しても、協力して描こうと励ます夫。

右腕切断前の、節子さんの不安と、妻を励まし共に絵描きとして生きていこうとする若い夫靖将さんのひたむきさが伝わってくる。そして、手術までの四、五日もあれば、最後の作品となるはずの絵が描ける、と節子さんは右手の作品に思いを託す。

④入院前夜に、舅の賛次が節子を励ます言葉はとりわけ感動的である。「病気はつらいもんや。体もつらいけど、心もつらい。わしは結核の療養所におった頃、情けのうてな。死んだ方がましやて思うこともあった」「けどな、（妻の）よしゑが見舞い

に来て、おとうちゃんがいてくれるから、私は頑張れるんやて。その時は泣けた。死んだらあかんと思うた」「けど長かった。そやからな、療養所から出られた時は、そら嬉しかったで。家に帰ってきたら、懐かしいてな。靖将がごつうなってて、びっくりしたけどな」「あんたも頑張ってな。治療が苦しければ苦しいほど、退院できる時は嬉しいで。それ夢みて、頑張ってな」（一三六～一三七ページ）

この言葉を節子さんがどう受け取ったのかは、後述の⑥にも繋がってくる。それほどまでに賛次さんの血の繋がりのない「嫁」に対する深い愛情がじわりと伝わってくる。

⑤そんな舅の励ましにも拘らず、右手のない不自由さは、予想をはるかに超え、母の珠に甘えて苦しさをぶちまける。幼子を節子に代わって献身的に支える姑の懇願によって、恐る恐る子供たちと会って、節子は、生きる力をもたらしてくれるのは、やはり家族なのだと思い知る。そして息子の草麻生にせがまれて左手で描いた絵の出来に自分でも驚き、リハビリで字の練習を療養士が驚くような回復力で精力的に始める。

節子さんが、左手の画家として、何が何でも再起するのだとの強い意志が感じられる場面である。それを何気なくやってしまうのが節子さんでもあった。

⑥癌の肺への転移が感じられる頃、節子がその苦しみに耐えかねて、琵琶湖疏水に飛び込み自殺を図ろうとした件である。柵に手をかけたその時、数羽の鴨が羽音を立てて飛び立ち、舅の言葉を思い出し、自殺を思い留まる。その後転移が確認され、節子は号泣する。

⑦転移した肺の癌を除去すべく開胸手術をするも手の施しようがなく閉じ、余命一年と聞く。その時の夫靖将の節子への言葉は、「これから一年ある。この一年間を最高の年にしよ。おまえにとっても僕にとっても生涯最高の年にするんや」「一年あったら、春夏秋冬、ぜんぶ過ごせる。一日、一日、大切に生きよう」「僕を信じてくれ。きっと最高の年にする。今までになく幸せな一年にしたる。悔いが残らんように」（一九八ページ）節子に生き抜く勇気を与える。

この靖将さんの言葉もまた、父賛次さんと同様に、肝の据わった言葉である。節子さんを「大石型人間」と言えるのなら、靖将さんもまた「大石型」であると言える。節子さんの奇跡は、夫婦の奇跡でもある。

⑧節子が死を思い詰め、自分の死後の靖将の再婚を言い出せずにいる時、靖将は節子

にいっそ「死をテーマ」にした絵を描くことを勧める。節子は、靖将のプロポーズの続きを考えたと淡々と言う。「死を身近に意識した女は、死が遠いものと思い込んでいる女よりも、もっともっともっと深く人生を知ることができる」（二二〇ページ）節子のこの名文句は、死が目前に迫る節子のユーモア溢れる機智である。そして大事なこと「あんたのこと好きやで……死ぬ間際になってようやく言えた」（二二八〜二二九ページ）と告白。

靖将さんもそれに応える。ほどなくして節子さんが死を迎えるという事実を、夫婦ともに受け入れられた瞬間であると思う。

植松三十里氏の『空と湖水』（文藝春秋刊）の描く「人間　三橋節子」は、病魔に侵された一人の人間として、嘆き、苦しみに耐えながら、周囲の人々の愛情あふれる献身的な理解・協力によって、奇跡的とも言える不滅の芸術家に上り詰めた過程を描いている。決して、初めから「神の如く振る舞った」わけではない。だからこそ、あのような心を打つ絵が描けて、見る者の魂を揺さぶるのではないか、と私は感じた。

後に、夫鈴木靖将氏は、私に節子さんとの思い出を植松さんが書かれていないことに留意されながら、次のように語ってくれた。

「一九六八（昭和四三）年の今でも忘れもしない一月二一日の偶然の出会いが始まりなんですよ。それまで節子とは、六年間ぐらいかな、研究会が一緒だったんだけど、二人はほとんど一度も言葉を交わしたことがなかったんです。あの出会いは、偶然ではなくて必然だったんだと思いますね。銀閣寺付近を節子が案内してくれた時、僕は『住んでいる大津はいいところだから、ぜひ来てください。案内しますよ』と言ったんです。そしたら、二月一七日に、僕は京都の屠殺場のスケッチをして家に帰ってきてゴロンとしていたら、母が『三橋さんっていう方が見えているよ』って。僕は本当にびっくりしてハネ起きました。彼女は、一所懸命に調べて探して来たんですね。それで大津を案内してね」

「節子は、僕より五歳年上だけど、結婚してみて、『妹』のような感じでしたね。人前では無口な彼女でしたが、夫婦ではよく話をしましたね。次は何描こうかなんて。元々宮沢賢治の童話も好きでね、嫁入り道具に入っていましたよ。彼女はね、静かで、たおやかで、品のいい人、頭のいい人という感じですね。本当に人前に出たがらない、出ても多弁ではない。でもね、ほんの少しの言葉で、『クスッと笑わす』ユーモアがありましたね」

「彼女は、体重が六〇キロ近くありましてね、雰囲気と裏腹に、スポーツも得意でしたよ。ソフトボールや卓球とか、もちろんバドミントンも。バドミントンでは確か、高校総体に出場したりね。彼女のバドミントンは、攻撃型じゃなくて、拾って拾って拾いまくって、相手の自滅を待つ、そんなタイプでした。そうしたスポーツの『勘』は良かったですね。たまたまですけど、息子も娘もバドミントンをやっていますよ」

「私は、右腕を切断し、余命二年を宣告されて心乱れる節子に言いました。『なあ、病気のこと、命のこと、死ぬことをいつも考えているやろ。でも病気のことは先生が考えてくれてる。病気のことは医者に任せよう。死の問題も誰もわからん。自分は不真面目なキリスト教徒だけど、俺は命を司るのは神だと思ってる。死のことも神に預けよう。残る俺たちは何者かっていうと、絵描きだ。絵のことを考えようや』と共通する前向きの話をして、その後で、『近江むかし話』という本を見つけて、節子に渡したんです」

「がんの肺への転移が見つかり、二度目の入院で『余命一年』を宣告された時にも、落ち込む節子に、『今死のことを考えているなら、死のことは素晴らしいテーマだから、これを描けば。これを画面に叩きつけたら』って絵を描く話をしたんです。そのようなことがあって、『三井の晩鐘』ができて、また死の半年前の『花折峠』とかを、節子が完成させていきました。節子は、本当に力を振り絞って、描いていましたね。それでも、うまくいったりした時は、鼻歌も出ていました。絵描きは、僕もそうだけど、とにかく描いているのが楽しいんですね。節子もただひたすら、淡々と描く。でも何をどう描くか、と考えている時も楽しいんだね」

「彼女にとって、赤とか朱の色は、『命とか生きる』ということにつながっていて、白は『死』に繋がっていますね。最後の入院前には、大津の教会で挙げた結婚式の録音テープを一時間半ぐらいかな、聞き返していました。『あの時は本当に楽しかった』と言って。その時ね、言葉を切ってから『もし自分が死んだら、教会で葬式をして欲しい。その時は自分の好きな小さい白い花でいっぱい飾って欲しい』って言ったんです。やはり白は清浄で死の色ですね。あの『花折峠』の絵は、自作自演と言いますかね。そうした反面、死が近づいていても、周りに心配かけまいと、『子供が心配だ』なんて言わないし、逆に僕に『あなたなら大丈夫』って言うんですよ。そういうことが本能的にできる人だったですね。だから最後の絵もそれで人助けをしたいと考えていたんですから」

「節子は、最期の時に『ありがとう、私は幸せだった』と言って亡くなっていった。やはり、二人はあの偶然ではなく必然の出会いで、結ばれていたんでしょうね。僕にとっても、節子にとってもよかったのだと思う」

「最後の二年間、三井の晩鐘を聞いていました。胸を締め付ける思いで。でも毎日死と対峙していると、段々心が透明になっていって、安らぎとか優しさ、涙がじわっと出る優しさ、静かな安らぎなんです。死が持っている清らかさ、そうした中で、最後の三度目の入院を迎えました。四八年前の二月二三日は、三〇センチメートルの大雪で、しんしんと降り積り、一面の純白の銀世界でした。私は、悲しいというよりも、こんな静かな死というのは、本当に美しい純白のようなもので、充実感のようなものがありました。節子は、いっぱい汗をかきながら童女のような顔で感謝を口にして世を去りました」

話を梅原猛氏の「節子像」に戻すと、氏は節子さんの芸術的才能の由来を、潜（節子の母方の祖父で医者で多趣味であった三橋潜）氏の血統的遺伝が原因ではないかとした上で、潜の娘珠の婿養子となった節子の父時雄が、その養父潜の一三回忌を記念して編集した小冊子の中で節子さんが寄せた次の追悼文を、梅原氏は興味深く取り上げている。（節子さんが書いたのは一八歳の時である）

「なくなる少し前、……涙が出るのをこらえるのに精一杯で、心の底からわかれを告げることができなかったことは心残りです。天国でおじいちゃんに会ったら、『あの時は失礼しました』とあやまろうと思います。みんながおじいちゃんのことをほめすぎのようですので、もっと人間的なところを祖母や母から聞いたことを元にして書いてみます」と祖父の悪戯なところとか、書き残された随筆や考え方を「今、それを読んでみますと、片よった、へそまがりな見方、考え方の様な気がします。……でも、他人がどう考えようが、自分の世界論・人生観は絶対に正しいと信じて堂々とそれを主張する点には感心します。今、おじいちゃんがいたら、一人前に対等に話し合い、おじいちゃんの謡にあわせて仕舞を舞い、私の絵の批評もしてもらえますのに」（同三三〜三五ページ）

この追悼文に、次のように、梅原氏は驚嘆を隠さない。

「これは、なかなか書けない文章である。巧まずして、ペーソスとユーモアがある……いかにも節子らしい……愛情がありながら対象を見る眼はにごっていない。後年、彼女は、死の前にある自分を、はっきり見つめている。しかしそれによって画面は、けっして、冷たくならないのだ。人間への愛を、あり余るような愛をもちながら、しかも、人間を客観的に見る眼を失わない」（三五～三六ページ）

このことは、夫靖将さんの語るエピソードからも確かに言えることのようである。梅原氏は、この追悼文の中から、鋭くそれを見抜いている。

そして、梅原氏は、後述するように、彼女の絵を理解しながら、次のように結論づける。

「私は、節子は、たいへん頭脳明晰な画家であると思う。彼女の画には、ふつう人が考えている以上に構成力が働いている。彼女は、やはり学者の血を引いているのであろう。彼女の画には、彼女なりの深い計算が緻密に働いている」（同一三一ページ）

（二）三橋節子さんの作品

三橋節子さんという画家が、どんな作品を私たちに残したのか。節子さんの絵は、よく言われるように、初期の「草花、樹木」、インド研修旅行を経てから「人間への関心」、結婚・出産を経験して病気と向き合う「愛と死」の作品へと、概ね三段階に分類されている。とりわけ最後の段階では、「物語絵」としての特徴を持っている極めて「メッセージ性」の強い作品へと大きな変貌を遂げていく。夫靖将さんの助言者・協力者・プロデューサー的な役割は、節子さんをして、稀有の画家として、世に知らしめる大きな役割を演じている。

（1）発病前の「愛と死」への思い（〜一九七二年）

草木・花に特別の思いを抱いて描き続けた第一段階（〜一九六七年）である。節子さんが描くこうした草木花は、その後の彼女の絵の中に通奏低音のように、最晩年の『花折峠』に至るまで静かにいつも鳴り続けることになる。この段階から、結婚前の一九六七年一二月のインド研修旅行を経てから「人間への関心」を持ち、人物を描くことに自信を抱くようになった、ここから降りかかった病気を知るまでが第二段階

（一九六七年一二月～一九七二年）と言われている。第二段階の前半に、インド旅行を経て、草・花・樹木を対象とする絵は減って、インド・カンボジアの寺院ではなく、そこで暮らす人々に関心は悉く移ったかのようになる（一九六七～一九七〇年）。そして第二段階の後半に、靖将さんとの結婚・長男草麻生の誕生を経験した後では、好きだった宮沢賢治の作品をもとに描いた『よだかの星』『おきな草の星』や、夫との会話や育児、そして近所の三井寺の行事などに啓発された作品（『どこへゆくの』『千団子さん』『鬼子母』『鬼子母神』）も精力的に制作する（一九七一～一九七二年）。

まさに「人間とは何か」という壮大なテーマに少しずつ目覚めつつあった節子さんが「描きたい」と考えたことが目の前に見えてきた時期であった。長女なずなも誕生する。この時期こそが、第三段階につながる重要な結節点になっている、と私は思う。むしろこの第二段階の後半の二年を「第三段階」と位置付けてもいいくらいである。この辺りから、一年一年の濃密度がどんどん増していく。

節子さんの一周忌を経て、彼女の誕生日にあたる一九七六年三月三日に、夫靖将さんの編集で初版発行された『三橋節子画集』の中で、節子さんの絵の理解者である評論家田中日佐夫氏は、「三橋節子さんの作品」と題して、次のように書いている。

「ただ私は、発病する少し前から三橋さんの身体の中でなにかが変化していることを、彼女自身自覚していたのではないかと思うのである。……（次の『湖の伝説』（筆者

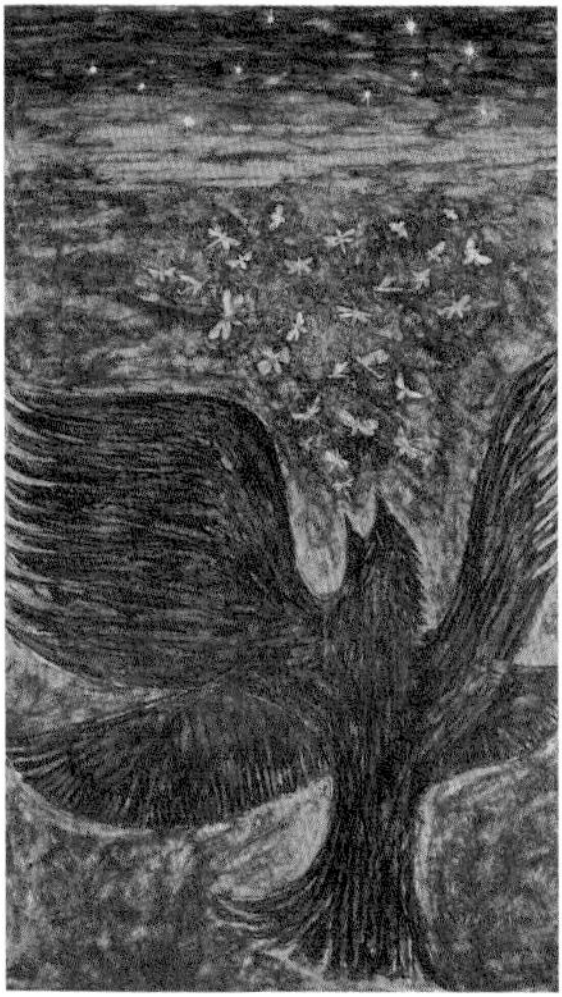

よだかの星

おきな草の星

①）に出てくる不思議な〝影〟が描かれている）その傾向は大分前の『よだかの星』や『おきな草の星』などにも見られる。いままで、たとえばインドの連作の画面の中にも画面の一隅に不思議な象徴的な形をしているけものなどが描きこまれていた。ところが、『よだかの星』の鳥となると全く怪鳥と呼ぶにふさわしくなり、『どこへゆくの』の空にも獅子のごとき怪獣が描かれる」

梅原氏も前掲の『湖の伝説』の中で「（この宮沢賢治の童話をもとにした）二作とも、故意か偶然か、生けるものの超越的世界への昇華、すなわち、昇天をテーマにしている。……先の話（『よだかの星』）が宗教的自殺……この話（『おきなぐさ』）は自然死である」とした上で、とりわけ後者について、「天に上る羽毛の姿が快いリズムをなして、賢治の詩のようにわれわれを不思議な世界につれていく。……見事な賢治解釈である。こういう解釈が可能となるためには、節子の中に賢治と同じような宗教的精神が存在しなければならぬ。すでにこの時、彼女は一種の昇天への憧憬を秘めた宗教的精神を自分のものとしていた。運命の予感のようなものが、すでに彼女の中に存在していたのであろうか」と、賛辞の後に「予感のようなもの」を指摘する（九一～九七ページ）。

どこへゆくの

千団子さん

私が勝手に推測するに、やっと手に入れた、結婚・出産を経て、順調な画家生活になろうとしていた頃の節子さんの「まぶしすぎる幸福」（梅原氏の小題）への不安と、以前から好きな宮沢賢治の世界とが融合して、（夫がキリスト教徒であることも影響か？）逆に「死」へのただならぬ関心の結果ではないか、と思う。そして、三井寺の行事に関連して、『千団子さん』（団子は亡くなった子供で、その供養行事）とか、『鬼子母』『鬼子母神』（子供を食べる鬼子母が改心して鬼子母神となる）の連作も子供の「死」に関連して、節子さんの幼児への深い母性愛が漲った作品と言える。生を見つめることとは、死を見つめることでもあるし、その逆も真なり、である。この「死」というテーマに正面から取り組める節子さんの胆力にも驚く。しかし、言えることは、節子さんにしてみれば、唐突にこうしたテーマを選んだのではなく、節子さんの読書体験と深い理解があり、加えて今の生活に密着した育児体験や三井寺近住ということから生まれた、ごく自然なテーマ選択であったのではないか、と思われる。

『どこへゆくの』では、向こうに獣が待っている道を行こうとする息子草麻生を節子さんが「どこへゆくの、危ないから行っちゃダメよ」と呼び止め、草麻生が振り返る場面である。訝しげに振り向く草麻生の健気な姿（半ズボン・ゴム長靴）が印象的である。

『千団子さん』では、三井寺の同名の行事で、金魚や亀やひよこの出店での草麻生の姿である。これもまた、草麻生は振り返ってこちらを見つめる。子供が集まっておじさんたちとしゃべっている中には入らず、一人金魚の前にいる。母親に「草麻生は買えないよ。見るだけよ」とでも言われたのであろうか、決して楽しそうな顔ではない。じっと堪えているかのような可憐《いじ》らしい目をしている。それを節子さんの目線で描いている。

『鬼子母』では、恐ろしい顔と手足をした鬼子母が、食べる子供を抱え、そばに捕まえられて転がっている子供たちがいて、鬼子母の前には綺麗な着物を着て座る女の子(節子さんの姪がモデルと言われている)がいる。遠くから、草麻生らしい男の子がじっとこの光景を見つめている。

この女の子の役割は、惨事の目撃者として、その様を伯母の節子に伝達することである。それを聞いて節子さんが駆けつけた時には、全く別の光景が広がっていた。それが次の『鬼子母神』である。だから、女の子は、節子さんと同じ画面の外にいて、草麻生と対話する側にまわっている。

『鬼子母神』では、穏やかに微笑む鬼子母神の周りに、楽しそうに並ぶ子供たちがい

鬼子母

鬼子母神

て、鬼子母神も、なずなと思しき女の子を抱く光景がある。それを手前の草麻生が、こちらを安心したような目で見る姿がある。画面の後方には、天女が舞う姿も見える。

鬼子母や鬼子母神が節子さん自身であるとの見解があるが、私にはどうしてもそうは思えない。鬼子母神は、確かに節子さんに似た優しい顔で、なずならしき女の子を抱き、温かい雰囲気の絵だが、草麻生が振り向いているということは、先に見た『どこへゆくの』『千団子さん』と同様に、「(画面の外の手前にいる) 節子さんと草麻生が会話をしている絵」と理解すべきと思うからである。「ほらね、なずなも大丈夫だよ」と語りかけるように、安心した目で節子に振り向く姿がある。「鬼子母神＝節子説」に立つと、鬼子母神の改心前の子供を喰らう鬼子母について、「鬼子母＝節子」となってしまい、どうしてそうなのかの説明に苦慮してしまう。鬼子母神と節子さんが似ているというのと鬼子母神が本人というのとでは、全く異なる。

高梨純次氏は、広くアジアとの関連で、インド旅行を経て描かれた節子さんの絵の意義を捉える注目すべき見解を述べている。その趣旨は、「鬼子母神（訶梨帝母《かりていも》）は言うまでもなくインドの神（子供を守る仏教の女神）で、千団子祭と共に三井寺の護法善神堂に伝わる木像や行事に通じる。このように身近なものへのインド・イメージの同化は極めて注目に値する。そして鬼子母神の改心前と後を描くという点で、仏教説話を絵画化したものである。それはまぎれもなく後年の説話画へつながる性格の作品であり、インドから近江の伝説へと至る橋渡しの役割を果たしている」（『三橋節子の世界』滋賀県立近代美術館編　サンブライト出版所収　高梨純次著「インドへアジアへ、そして日本へ」）

いずれにせよこの『鬼子母』『鬼子母神』は、子供を喰らう鬼子母（夜叉の子がインドの訶梨帝母＝鬼子母である）が、自分の末子をかくされて初めて、子供を奪われ喰われた母親の立場に立って改心し、鬼子母神となる。釈迦の教えである。この母子愛の昔話を、短い二枚の連作の物語絵に仕上げたものである。子供をもうけて、宝物を慈しむように育て見つめる母親としての「子の無事・幸せ」への「祈り」の絵と、素直に理解したい。優しく共に歩むクリスチャンの夫靖将氏の影響もあるのではないか、と想像したくなる。

『鬼子母』と『鬼子母神』は、セット画である。そして対極にある。谷が深ければ深いほど、山の高さが際立つように、残忍・冷酷・極悪の極を認識するからこそ、慈悲の尊さがこの上ない有難いものとして、人間社会の中で、人々の心を打つ。節子さんが『鬼子母神』をどう見て欲しいかを考える意味で、『鬼子母』を描いたことが大きな意味を持つ。単に「子を慈しむ」というレベルではない。「どんなことがあっても、子に寄り添い、己の命をかけて守り、それが人の道である」との釈迦の教えをこのセット絵に込めた気魄が伝わってくる。

『どこへゆくの』『千団子さん』と合わせた四作は、「愛児との対話形式」を用いて描いた「母・節子」の新境地を開いた作品のような気がする。振り向く草麻生の姿の持つ意味を考えなければならないように思う。

この「対話形式」との見方については、これまであまり注目されていない。しかし、後の作品において節子さん自身が画面に登場してから後においても、節子さんの基本姿勢は「対話形式」であるように思える。節子さんが、自分をどこにおいて絵を描いている（語っている）のかを考えることは、節子さんの立ち位置を見る上で、極めて重要であると思う。

（2）右腕切断と近江民話の世界（一九七三年）

一九七二（昭和四七）年一二月、右肩の痛みと腫れで、病院に行った節子さんは、右鎖骨腫瘍で、右腕切断手術が必要との診断を受ける。まさに幸せの絶頂から、絶望のどん底に真っ逆さまに突き落とされた思いだったであろう。そのような中で、最後の絵となるかもしれないとの覚悟で創作に取り組む。それが『湖の伝説』（筆者①）である。湖のほとりに子供を抱いて、夕焼けの彼方に飛んでいく九羽の雁の姿と、足元に大きく横たわる死んだ一羽の雁（梅原氏はこれを鴨とみる）を描いている。まさに二人の子（二歳と一歳）を置いて、死のそばにいる自分を客観視した絵である。抱かれた子供（草麻生であろうか）は、両の手を伸ばして母親にしがみついている。まるで「行かないで」と叫んでいるように。この時点から、これまで画面の外にいた節子さんが、自身の姿を画面に登場させていることに、注目したい。それは、とりも直さず、節子さん自身の姿を見せて、目に見える形で、直接的に夫と子供に語る必要性が出てきたことを意味するのではないか。それだけ強く、自分が存在すること＝「生」を意識し、家族にも妻として母としての存在を意識してほしいと願う証左なのではないか、とも思う。

梅原氏は、「彼女が（夫の）鈴木氏に『近江むかし話』という本を教えられ、それ

湖の伝説（筆者①）

を読んだのは、手術後である。それゆえこの『湖の伝説』は、全く彼女の心象風景なのである。……生きようとする意志と死の不安が、画面で格闘している」と評している（一二〇〜一二一ページ）。梅原氏は、空を飛ぶ九羽の鳥を「雁」とし（まさに雁行）、地に仰向けになって死せる鳥を「鴨」と使い分け、飛んでいる九羽の「雁」のうち四羽が白い腹を見せ、先頭が方向転換している様を「（考えすぎかもしれないが）死の国から再び生の国へひき返そうとしているのであろうか」と論じている（一五ページ）。さすが鋭い分析と思う。

私もこの絵が、節子さんの「生と死」への強い思いを感じる作品であることには、全く異論はないが、敢えてこの地に横たわる鳥も「雁」と解したい気がする（首の長さで異論があるかもしれないが、鴨にしては大きいので雁のような気もする）。元々一〇羽が雁行していた。そのうち一羽が力尽きて地上に落ち、息絶えようとしている。それを見た雁のリーダーが、急遽これを確かめるべく方向転換しようとしている。しかしそこには、「白い腹」に象徴される「死」が待ち構えている。力強く飛ぶ五羽と白い腹を見せる五羽（息絶えようとする一羽を含め）とが、数の上で拮抗している。まさに生と死が相半ばして格闘している。そして、これまで節子さんが描いてきた死を意味する「白い草花」とは異なり、湖岸の草が緑と茶色と生命力を持って、横たわる鳥を囲んでいる。子を抱く女（節子さん自身）が、髪を靡かせ、急いでこの横たわる鳥のそばに来て、空の雁に「こちらに来てはダメ」と言わんばかりに立って、他の雁を寄せ付けまいとする。そんなふうに私には見える。それは、節子さん自身の「何がなんでも生きよう」とする強い思いでもあるような気がする。その意味で、「生きる力」を感じさせる絵である。

『近江むかし話』を読む前とは言え、節子さんはなぜこの絵に『湖の伝説』（筆者①）と命名したのであろうか。確かに、昔話や伝説に基づく内容ではなく、心象風景であったにせよ、何らかのヒントが、伝説にあったのでは、とも思う。画家の節子さんは、大津の地に嫁いでから、三井寺はじめ近隣の地域の言い伝えには、大変な興味を持って、これまでも三井寺に纏わる『千団子さん』や『鬼子母』『鬼子母神』を描いてきた。そう考えると、この絵は『近江八景』に描かれた『堅田落雁《かたたのらくがん》』を意識していたと考えられる（この地域では、力餅同様に落雁菓子として有名である）。『堅田落雁』には、堅田で雁行を見る「満月寺浮御堂」が描かれているが、節子さんは、こうした建造物には見向きもしない。夕暮れ時になって安息の場所である塒《ねぐら》を目指して雁行する姿に、生死を分かつシリアスな空気を敢えて持ち込んだとも言える。空を飛ぶ雁は家族であり、横たわる雁は自分でもある。一緒に塒に戻れない切なさが伝わってくる。また古今和歌集の秀歌と言われる「鳴き渡る　雁の涙や　落ちつらむ　物思ふ宿の　萩の上の露」（よみ人しらず）を意識したのであろうか。

節子さんが意識したかどうかは、知る由もないが、堅＝肩であり、雁＝癌であり、落＝（墜落）死という「（掛け言葉的な）連想」が成り立たないわけではない。この草むらに横たわる雁（落雁）は、京都＝洛の雁（節子さんは京都出身）でもある。こう考えると「無意識的」とはいっても何か暗示的と取れなくもない（それなら初めから『堅田落雁』としていたはずだ、と言われればそれまでだが）。しかし、推論を重ねた仮説が成り立つのならば、この無意識的な命名は、後述の『余呉の天女』にも通底する。


節子さんが、「右腕切断手術」を告げられ、大きな精神的ショックの中にあって、描かれた作品であったが、断固として「死は受け容れない」との姿勢を読み取ることはできないであろうか。

このように、節子さんでさえ、これで画家生命が終わるかもしれないと思った右手の最後の作品が、後の奇跡的な復活というよりは、絵筆を左手に持ち替えて、物語絵の本格画家として、金字塔を打ち立てる分岐点に過ぎなかったとは、この時誰も知る由もなかった。

一九七三（昭四八）三月に「右腕切断手術」をしたのちに、リハビリ療養士をして未だかつて見たこともない回復（というよりは反対腕による機能取得）で驚かせ、感激させる。そして六ヶ月後に、夫の薦める『近江むかし話』にヒントを得て、節子さんの代表作となる作品を左手で描き始める。節子さんが特に関心を持った民話の中で、この年に完成させた、あの『三井の晩鐘』（筆者①）、『田鶴来《でんづるぐる》』『鷺の恩返し』三部作である。

はじめは『三井の晩鐘』（筆者①）である。この民話は本当に切ない。評判のいい若者と結ばれた（竜の化身の）女が、愛児を置いて湖底に戻らねばならない。乳を欲しがる子に、乳がわりに自分の右目そして左目をしゃぶらせると、不思議に泣き止む。両眼を失った女は、夫と子の無事を確かめるために、三井の釣鐘をついてくれと頼む。という話だ。

節子さんの描いた絵は、左に琵琶湖の竜神が描かれ、その右に節子さんを重ねたと思われる妻が、大きな自分の眼球を抱え、見えない眼で、もう一つの眼球を座って舐める子供（草麻生と思われる）を慈しむように向いている。それらの背後に、三井寺の釣鐘が、大きく描かれている。響き渡るような三井寺の鐘が聞こえてきそうな夕暮れに、離れなければならない母が子を思う、なんとも切ない雰囲気がよく出ている、極限状態に置かれた母子愛を描いた絵である。

竜が女の体に巻き付いている。しかし、竜＝女、であることには違いない。子供に両眼を与えた女（母）同様に、竜の眼もない。同一物であることを意味している。子供が「草麻生」なのか、「なずな」なのかについては、私には服装からして、「草麻生」と思う。だからこそ、後述するように、はっきりと「なずな」を画面に出した翌年の同名の絵があるように思える。

右腕切断手術後、初めて左手で描いた迫真の絵は、入院中お世話になった京大病院に一時リハビリの部屋に掛けられたこともある。植松三十里氏の『空と湖水』の表紙絵にも採用されている、印象的な代表作となっている。

次は、『田鶴来《でんづるぐる》』で、元になる昔話は、野洲に伝わる。これまた壮絶な民話である。無益な殺生を好む夫とそれを止める妻には、子がいない。首を狙って夫が撃ち落とした雄鶴には首がない。翌年撃ち落とした雌鶴は、雄鶴の首を抱いていた。「これはあの時の……」と気付いた男は、妻の願いを聞いて、その後は殺生を止める、という話だ。

三井の晩鐘（筆者①）

田鶴来

節子さんの絵を見ると、上の中ほどに（鉄砲ではなく）弓に矢をつがえて、今まさに琵琶湖の空に舞う鶴を射落とさんとしている。その横に背の高い男が、弓を立てて持っている。その横には、妻と思しき女が、男の子を抱いて、男が持ち帰った鶴の死骸をじっと見ている。その雌鶴は、首しかない雄鶴を抱いて、死に絶えて横たわっている。『三井の晩鐘』と同様に、ひとつの絵の中に、時間的経過を描く手法（「異時同画」）を用いている。誰もが感じるように、夫の鶴の首を抱えたまま息絶える雌鶴に、目が吸い寄せられる。余りにショッキングな光景だからだ。民話では、子供を授からない夫婦の設定であるが、節子さんは敢えて、子供を抱く母の姿を描いた。そのことによって、鶴も父を失い、次は母を失う子供の姿が背後にあるかのように描く。

梅原猛氏も指摘するように、この女は節子さん自身であろうし、右の男は夫、子供は草麻生であろう。同時に、雄の首を抱いて息絶えた雌鶴を自分に重ねていることであろう。自分の死を意識しているからこそ、このようなテーマを選んだのであろう。何よりも鶴に教えられる「夫婦愛」を、苦しいほどに感じ、やがて女（節子さん自身）が、雌鶴のように、（癌という）弓矢の犠牲になって死にゆく運命的な姿がここにあるのだろう。夫婦愛と共に、非情な運命を予感させるような、悲しい基調の絵になっている。

同じ鳥の死を描いた『湖の伝説』（筆者①）とこの『田鶴来』を比較すると、前者が静かに羽を閉じているのに対して、後者では、羽を大きく拡げて「死してなお夫を守る」強い意志を示している（前者では、鳥ではなく、女すなわち節子さん自身が「死」を拒絶していることは前述した通りである）。そして後者の鳥が「羽を拡げる」という行為は、「抗い」「戦い」を意味している。後述の『鷺の恩返し』においても、戦う鷺も死んで横たわる鷺も「羽を拡げている」ことに、作者の意図が見える。「右腕切断手術」を終え、節子さんの眼は、「生と死」をますます正面から見据え、いささかも逃れようとはしていない。「生きるための壮絶な戦いへの決意」をこの絵の中に込めている。

加えて、私は、右の男が日本人離れした、西洋的な雰囲気を感じる。「キリスト像」を思わせるような威厳ある顔つきや髪型の容姿に、節子さんの夫靖将さんへの思いを見るような気がする。夫靖将さんがクリスチャンであったことも影響しているのか、そう見ると女も細身の背の高く、キリストを抱く「マリア」を感じなくもない。節子さんは、必死に自分を励まし、献身的に支えようとする夫靖将さんの姿に「神のようなひと」と言った。心の底から二人は愛し合った。節子さんは、死後にキリスト教徒として洗礼を受けるが、描かれた絵自体を見ると、テーマ・物語絵としての性格から、生きとし生けるものへの愛であり、仏教的でさえある。「博愛」は、彼女の生来の態度だったのではないか（草花・樹木、小動物を愛し、共に過ごした少女時代がある）。節子さんの体内では、自然にキリスト教と仏教が融合している感じがする。そうした宗教的態度が、哲学者梅原猛氏の心を揺さぶり、共振させたのではと思う。

三番目は『鷺の恩返し』である。元になる昔話は、現在の東近江の八幡山や長命山周辺（大島の郷と呼ばれた地方）に伝わる『白鷺の恩返し』である。かつて瀕死のところを大国主命に

鷺の恩返し

助けられた鷺が、ある日大国主命の社《やしろ》が焼けるのを見て、力の限り何度も湖水を含んでは火に掛け、血反吐を吐いて命尽きるまで火消しにあたった。やがてこれが天に通じたのか鎮火したという話である。

典型的な恩返しの物語だが、最後は虚しく死ぬ。この絵もまた、時間的経過を二つの場面を合成する構成をとっている。先の絵とは違って、人間が出てこない。画面の左側には、燃え盛る火炎と、必死になって覆いかぶさるように口から飲み込んだ湖水を吐く白鷺の姿がある。火炎と見紛うような赤い色の血の水を吐き出している。本当に凄みのある姿と対照的に、右側の静かな湖畔には、もう一羽の白鷺が力尽きて足を天に向けてひっくり返って死んでいる姿がある。なんともそのコントラストが際立った、単なる恩返しとは言えない悲しい結末の絵である。節子さんはこの白鷺に、自分を重ねている。自分を支えてくれる周りの人々に感謝して、恩返しとも言える「創作活動」で力の限り応えるべく粉骨砕身頑張ろうとする。いずれは、死にゆく運命も待っているものの、その必死の努力は天に届くはずである、と考えたのであろうか。

ハッピーエンドとはいかないところが、現実問題としてなんとも切ない。ここで「壮絶なる死」を描くことで、節子さんは自分の思いをぶつけ、死を受け入れる準備をしているようにも思える。

燃え盛る火炎が、節子さんを襲い、周りの愛する人々をも苦しみに陥れる病魔とすれば、自分が死ぬことによって、火事が（皆の苦しみも）収まるのなら、何を恐れることがあろうか、と思えないこともない。そこまで深読みする必要があるかは、わからないが、それでも悲しみの余韻だけは、いつまでも尾を引く、そんな絵である。

（3）余命一年と子供たちへの贈り物（一九七四〜一九七五年）

節子さんは、右腕切断手術後、懸命のリハビリを経て、左手による画家復帰を果たし、近江民話に基づく物語絵で独自の画風を築いた一九七三年一二月も押し迫った頃、病魔はまたしても彼女に襲いかかる。右肺への癌の転移が判明し、開胸手術をするも手の施しようがなく、余命一年の宣告を受ける。夫靖将さんから「一年あれば春夏秋冬を経験できる」との言葉に勇気づけられ、節子さんは本当に最後の力を振り絞る。ここで、この時期に夫靖将さんが節子さんにかけた言葉、死を思い詰める節子さんにいっそ『死をテーマ』にした絵を描くことを勧める。これを受けて、節子さんは、死を真正面から捉えようと、この切迫した時期でさえ、前向きに考えるようになる。それればかりではない。節子さんは、死にゆく時のことまで考えていた。「最期の時はかわいそうだから、子供たちを呼ばないで」と頼み、二人の子に宛てて残る力の限りにはがきを書き残す。そしてそれまでに子供たちに宛てた画家三橋節子さんの「母子愛」の絵を残すことを決心し、その通り実践したのだと思う。

一九七四年一年間で、『羽衣伝説』『湖の伝説』（筆者②）『湖の伝説　三井の晩鐘』（筆者②）、そして絵本原画『雷の落ちない村』、更には『近江昔話　花折峠』（筆者①）、『花折峠』（筆者②）と死期迫る病人とはとても信じられないペースで完成させ、一一月家族で余呉湖旅行を経て、一九七五年に入り、『湖の伝説　余呉の天女』を完成させ、力尽きる。なんという精神力であろうか。これを奇跡と言わずして何というのだろうか。

余命一年を知った「頭脳明晰」な節子さんは、この一年に「何を描くべきか」考えに考えたのだと思う。前の一年のように、一つ一つを、その時一番に感じたテーマを、その「メッセージ性」を思いの限り、絵で表現する姿勢は変わらないまでも、もっと強い「計画性」を持って、残された一年を描き切ることに集中しようと考えたのであろう。その意図（描いた目的とその絵の示すもの）を理解できなければ、おそらく彼女のこの一年の絵の意味を理解できないままになるであろうと、私は思う。そこが、彼女のこれまでの創作活動と最も異なる点であり、節子さんの「遺志」の理解にも繋

作品名	準拠する民話	人物	動植物	物・背景	備考
羽衣伝説	余呉の湖哀し （羽衣伝説）	天女：節子 子供二人		琵琶湖 草	二人の子供：草麻生 なずな
湖の伝説―三井の晩鐘（筆者②）	三井の晩鐘→メイン	天女：節子	竜	鐘・ 目玉	目玉二個：天女＋なずな 近景
湖の伝説（筆者②）	余呉の湖哀し （羽衣伝説）	女児なずな		琵琶湖	目玉一個：なずな 天女の羽衣に「羽」→飛翔
童画 雷の落ちない村 （絵本）	雷の落ちない村 二つの民話→一つ採用	草麻生（主人公） 村の子供	雷神 雷獣 大なまず （主：父）	琵琶湖	子供：女児初めの一枚のみ 村の男児（草麻生の友） 一二枚
花折峠（筆者①）	花折峠	花売娘 ：節子 （川の中）	折れた花	琵琶湖 峠道	花売娘（川中）：斜め 草花の占有率：約半分
花折峠（筆者②）	復活・再生	娘（峠道） 誰か？諸説	草花	山々 湖畔	花売娘（川中）：横・近い 山々・湖畔の遠景クリア
余呉の天女	余呉の湖哀し （羽衣伝説）	天女：節子 女児なずな	草花 （横）	余呉湖	
母子娘		母：節子 乳飲み児			抱いて授乳 乳飲み子：草麻生か？

羽衣伝説

がるのだと思う。そして、節子さんが自ら考え咀嚼し、「物語絵画家」として完成されていく姿を発見することになる。

退院後初めて描いたのが、『羽衣伝説』だという。この元となる昔話は、『余呉の湖哀し』である。この絵は、二人の子供が天女を見上げる構図である。節子さんは、後の天女を描いたものでも、同じ構図、同じく子供二人が入った絵を描こうとはしていない。これはこれで、節子さんが、退院後の身で、精一杯考え、描いた結果であり、それを上塗りするようなことはしない。バンザイしている草麻生と隣のなずなは、なくなった母親との再会を果たして喜んでいる姿ではないだろうか。天女となった節子さん自身も右手を大きく挙げて喜び、子供たちに応えている。そのように、いつも空の上から子供たちを思い、心から寄り添い、会いに来る節子さん自身を描いたのではないだろうか。寂しくて仕方のない子供たちに、永遠の母子愛を告げている絵なのだと私は理解したい。四作の天女図の一番初めのこの作品は、子供たちに不安や悲しみを与えまいとする「曇りのない母子の喜び」を節子さんが描いたのだと思う。

ここで、前掲の表で、節子さんは『羽衣伝説』で二人の子供を描き、『雷の落ちない村』を草麻生のために絵本として残そうとした他は、全て「なずな」のみが登場するのである。はっきりとそこに「ある意志」がないと、こうはならないのではないか。これまで、一九七一～一九七二年の『どこへゆくの』『千団子さん』『鬼子母』『鬼子母神』、一九七三年の『湖の伝説』（筆者①）、『三井の晩鐘』（筆者①）『田鶴来』まで、ことごとく草麻生だけが登場している。母が、初めての子を思うのは、至極普通である。最後の残された一年で、物語を理解しつつある草麻生には、絵本（原画としては一二枚）として残そう、残りは全てなずなのために、草麻生と同じくらい残そう、愛するなずなへの思いをどう表現すべきか考えたことであろう。

まず、草麻生に残す『雷の落ちない村』を見てみよう。この元になった昔話は、西近江の安曇川や東近江の八日市に伝わる。節子さんは、この童画作品の制作に、四月～七月まで熱中したという。

節子さんは、童画のストーリーをどちらかというと八日市の部落の話「雷封じの宮」に準拠する。この民話は、雷の集中攻撃を受け、人畜被害が絶えない村でのこと。ある日旅の修験者がこの村の様子を聞いて「天上の雷獣が地上で雷神を呼んで悪さをする」と教え、麻で編んだ網を森に仕掛け、雷獣を捕らえ、鉄杖で突き倒してから、雷の被害がなくなる。人々は雷を森に封じ込めたとして、そこに社を建てる、という話である。

雷図

なまず出現

これに節子さんは、大きな変更を加える。主人公を村人に代えて、息子の「草麻生」にし、修験者に代わり、琵琶湖の「大なまず」を登場させ、その助言で作った網で捕らえた雷獣を懲らしめ、泣いて助命嘆願する雷獣をかわいそうになって天に帰す。照れ臭そうに帰る雷獣を大なまずと共に草麻生がバンザイしながら見送る。以来、村には雷が落ちない。というなんともほのぼのとした話に作り替えている。

節子さんは、これで草麻生に何を語ろうとしたのであろうか。もちろんベースとなっている民話は、勧善懲悪の典型で、それは同じ思いであろうが、捕らえられた雷獣、すなわち悪さをした者へのいたわりの「愛情」も語っている。

私がもう一つ注目しているのは、「大なまず」の登場である。大なまずは、「琵琶湖の主」として象徴的な存在で、実際にも琵琶湖最大の淡水魚として生存する。大津といえば、大津絵の「瓢簞なまず」でも有名で、その意味でも節子さんは、大なまずを選んだのだと思われる。そうした大なまずが、湖底から現れ、困り果てている草麻生に知恵を授ける姿は、父親の姿以外の何者でもない。湖底は、あの「三井の晩鐘」でも出てくる特別な場所である。草麻生を見守る父親がいつも近くにおり、それはまた「三井の晩鐘」で語られた湖底の母でもある。母もまた見守っている姿がダブってく

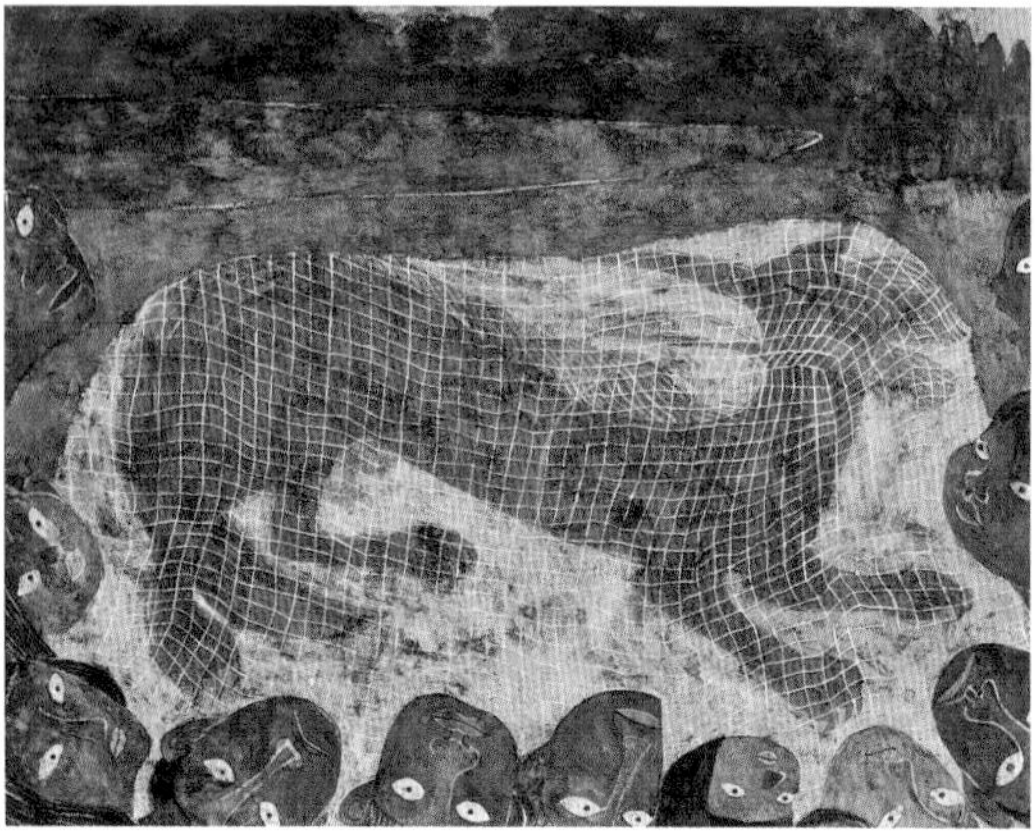

雷獣捕獲

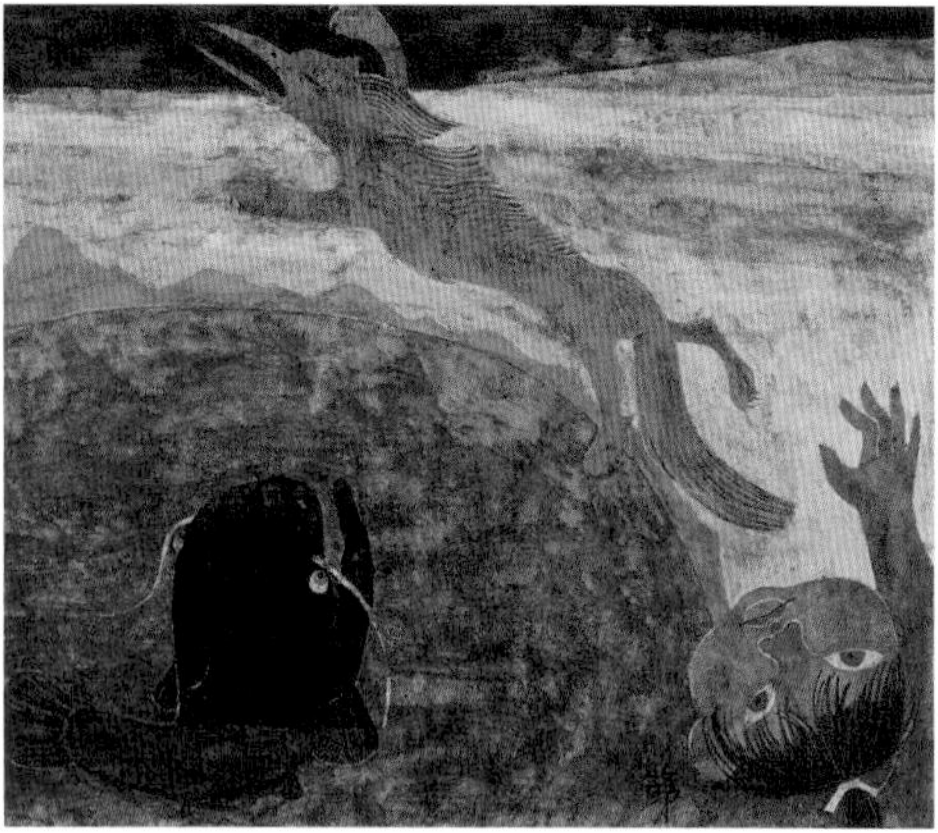

雷獣見送り

る。永遠の親子愛の形を、草麻生に伝えられる。ここにこそ、最後に節子さんが草麻生に残した童話の真の意味があるのだと私は思う。

次は、娘なずなへの節子さんからの最後の贈り物である。『湖の伝説―三井の晩鐘』（筆者②）と『湖の伝説』（筆者②）は、前述の『雷の落ちない村』に先立つ一九七四年四月に、ほぼ同時に描かれた。

結婚してから、三井寺にほど近い大津市の長等地区に住んでいた節子さんは、何度も何度もあの腑《はらわた》に沁み渡る「三井の晩鐘」を聞いていたに違いない。そして、右腕切断後に母親の願いをあの『三井の晩鐘』（筆者①）に籠めて描いた。しかし、今回娘なずなに残す『三井の晩鐘』（筆者②）と『湖の伝説』（筆者②）は、もっと鐘の音に今まで以上の思いを込めたはずである。自身が死んだ後に子供たちが聞くであろう「三井の晩鐘」によって、母節子さんを思い、節子さんもまたその瞬間に「子供たちと共にいる」自分を重ねて描きたかったに相違ない。前作『三井の晩鐘』（筆者①）と違って、三井の釣鐘は、遠くに霞みながら、その音が静かに響き渡る中を天女の姿をした節子さんが、子供にあの自らの目をくり抜いて与えた目玉をしゃぶらせ、見えない目で、子供を慈しむ姿を描いた。私は、この淡い幻のような色の中に、遠くから

三井の晩鐘（筆者②）

湖の伝説（筆者②）

見守る母の優しさと心安らぐ鐘の音を感じとれる気がする。そう考えた時、この二つの作品は、前作『三井の晩鐘』（筆者①）に勝るとも劣らぬ節子さんの名作と思えるのである。

初めに考えないといけないのは、なぜ「天女」と「三井の晩鐘」を重ねたのか、という疑問である。確かに、天女はあの『余呉の湖哀し』（天女伝説）にヒントを得たことは間違いない。しかし、前に描いた『三井の晩鐘』（筆者①）とこの年の一連の「天女」との決定的な違いは、前のが「節子さんが生きている状態」での母子愛であるのに対し、後の『羽衣伝説』も含む三作は、「節子さんが天に召された後の状態」から、描いているという「天女の祈り」の視点で描かれているということである。それを象徴的に表しているのが、羽衣を纏い、天から娘を見つめる天女の姿なのだ、と私は思う。

そして、前に描いたのは、息子「草麻生」を抱く節子さんの「生きている姿」ならば、後の二作は、息子の草麻生に劣らぬほど娘「なずな」を愛していることを、節子さんは、だからこそ前と同じテーマで、前のようなクリアな画面ではなく、天国から天女の視点で、幻想的な淡い色調の中で描き、なずなに伝えようとしたと思う。

そして『三井の晩鐘』（筆者②）では、娘により近くに来て、一つめの目玉を与え、もう一つを自身が抱いている構図を採用した。続いて、『湖の伝説』（筆者②）では、二つめの目玉をなずなに与え、羽のついた羽衣で空高く飛翔し、天に帰らんとする姿を描くという、時間的経過を、二コマの画面で示したと言える。この二つの絵もまたセットである。「これまでなずなのことを余り描いていなくてごめんね。なずなのこともお兄ちゃんと同じくらい大好きよ」という節子さんの声が聞こえてきそうである。「死んでもなお、娘のことを思い続けよう」との母の愛の決意が読み取れる。

そして『三井の晩鐘』（筆者②）と『湖の伝説』（筆者②）は、内容的には、民話『三井の晩鐘』と言ってもよい。しかし、なぜこのようなタイトルにしたのかについては、節子さんは明らかにしていない。しかし、同じタイトルの二つの前作（筆者①）と「（紛らわしくも）わざわざ」同じにしたのには、節子さんの意図がある、と私は思う。前作が、「草麻生を抱いた節子さん」に対し、後の二つ（筆者②）は、「もう抱くことできないなずな」がいる。その代わり、「なずなを一心に見守る節子さん」が、天女として見つめている。そう、同じタイトルでなければならない理由は、節子さんにとって大事な伝説は、草麻生にもなずなにも、「平等に描かねばならない」という「節子さんの思い」があるからなのだ、と私には強く感じられる。

右腕切断の年（一九七三年）に描いた『三井の晩鐘』（筆者①）と癌の肺転移で余命一年を宣告された年（一九七四年）の『三井の晩鐘』（筆者②）・『湖の伝説』（筆者②）をもう少し比較してみよう。

前者は、左に釣鐘を配し、右側に草麻生が一つ目の目玉をしゃぶり、水底から出てきた龍神の化身の女がもう一つの目玉を抱え、草麻生の背後にしっかりと寄り添う。そして、大きく描かれた釣鐘の鳴る音を聞いているかのような様子である。龍神は女そのもののように、女の体に巻き付いて女と共に釣鐘の方を向いている。今は草麻生と釣鐘と同じところにいるが、女はいずれ湖の底に戻らなければならない、辛い宿命を背負っている。右上には、「死」をイメージさせる白い草花が、小さく描かれている。

後二者は、天に舞う天女の姿をした女（節子さん自身）が、見上げるなずなとアイコンタクトしている。なずなは、釣鐘のある側に位置する。後二者はなずなと釣鐘が左右に配置されているが、釣鐘と同じ地上にいるなずなを見て、天から龍神同様になずなに向かって、語りかけている。つまり釣鐘が鳴って、それによってなずなの居場所を認識して、近づき、両眼を与え遠ざかる様子が描かれている。龍神でもある女（龍神の顔の向きは極めて示唆的である）は、明らかに湖底ではなく、天から舞い降り、そしてまた天に戻る様子が描かれている。『三井の晩鐘』（筆者①）の「龍神＝女

＝湖底」という関係式が、後二者では、「龍神＝女＝天」に変化している。前者で節子さんは、近江民話に深く共鳴して描き、自身を龍神たる女に重ねたが、後二者では、重ねるだけではなく、自身が目玉を次々持ってきては天に戻る「行為」を伴う存在に、より積極的に動的な役割を演ずる天女に引き上げている。鐘の音で位置を確かめて母子愛を演じる姿に、なずなへのより強い思いがここに窺える。

後二者の左下に描かれる「死」を意味する白い草花も、前者に比べると遥かに大きなスペースが与えられている。これらの白い草花に見送られた節子さん自身のその後が描かれていると見るべきであろう。

次は『花折峠』（筆者①）と（筆者②）である。この元になる昔話は、西近江の葛川地区花折峠に伝わる。二人の娘が峠に花売りに出かけた帰りに大雨にあい、親切で良い娘を悪い娘が、濁流の小川に突き落とす。悪い娘が村に戻ると、良い娘が、何事もなかったように夕餉の支度をしている。不思議に思った悪い娘が、峠に戻ってみると、そこには多くの草花が茎から折れた光景が広がっていた、という話である。

花による身代わり死と、善人の復活・再生の民話である。節子さんは、この二つの絵で、どちらも川に身を沈めて死んだ娘（どちらも本当に安らかな死顔をしている）

を描き、それを峠の道で見る花売り姿の女を左上に小さく描いている。民話の通り、復活・再生の話と見るかどうかは、左上の小さく描いた花を頭に戴く娘をどう見るかで、意見が分かれている。

『花折峠』（筆者①）は、右上から左下の斜線の左半分に横たわる娘を描き、残り右半分を、折れた白い草花と同時に、下に生える草花とを描いた。こんな構図は、極めて珍しくもあり動的に見える。もう一つの『花折峠』（筆者②）は、より近くの画面の正面に大きく川中に横たわる娘を描いており、折れた草花も前作より少なく、生きた草花はほとんどない。これを見る娘も近づいて死んだ娘を見ている。遠くの琵琶湖やそれを囲む山々や湖畔が、より大きく描かれている。

梅原猛氏は、この大きく描かれた娘について「節子の涅槃図」と呼んだ（私も全く同感である）。釈迦の「涅槃図」では、釈迦の入滅を嘆き悲しむ弟子たちの慟哭が聞こえてくるような図が、よく知られている。私は、ついでながら涅槃図というと、伊藤若冲のなんともユーモア溢れる「果蔬涅槃図」（真ん中にデンと横たわる大根の釈迦を周りの人参などの野菜たちが悲しむ）を思い出してしまう。キリスト教徒の夫の影響で、亡くなった後に洗礼を受けた節子さんではあるが、彼女の作品を見る限り、むしろ仏教徒ではないかと思われるほど、深く仏の慈悲に接している感じがする。

花折峠（筆者①）

花折峠（筆者②）

『三橋節子画集』解説の田中日佐夫氏は、同著の中で、節子さんが、「できることなら、自分も死から逃れたかったろう。その祈りが込められている」と専ら、横たわる娘の安らかな死に顔に、「心の乱れは全く見られない。これほど透明な心境になれるものだろうか」と書いている。

私は、あの左上の小さく描かれた女は、確かに死せる娘とは異なる。服も違えば、帯も異なる。でも着替えたわけではない。何よりもこの娘は、子供だということだ。着物の裾丈を見て欲しい。川中の成長した娘とは異なり、膝までしかない。あの悪い娘でもない。大胆に推測すれば、今は三歳の娘なずなが、少しだけ成長して、花売りできる年頃になろうとしている姿なのではないか。そのなずなに、「自分がどういう顔をして死んでいったのか、こんなに安らかに穏やかに死んでいったのだ」ということを娘に見せたかったのが、この絵の意味するところではなかったか。幼い娘がのちに「どう死んでいったのか、見たかった」、と思うに違いないと節子さんは考えたのではないだろうか。

私の母も三歳の時に母（私の祖母）を亡くしたが、母は、自分の母のことをいろいろな人に聞いたり、母のかすかな思い出を語るなどして、終生その面影を追い続けた。

節子さんの父の三橋時雄さんは、左上の小さな娘を、川中に身を沈める娘節子さんの再生とみる。これは、民話の結論に近いと同時に、こうあって欲しいという願いでもある。これに対して、『空と湖水』の著者植松三十里氏は、左上の娘は、突き飛ばした悪い娘だとする。梅原氏は、当初は悪い娘としていたが、のちに時雄さんと同じ意見に修正されている。因みに、先の田中日佐夫氏は、前掲の画集の中ではこのことには触れていない。

また、『三橋節子の世界』（滋賀県立近代美術館編　サンブライト出版）に所収された石丸正運氏の『湖の伝説』という文章の中で、石丸氏は「（この小さく描かれた少女について）小下絵では、……白い道には意地の悪い娘と良い娘二人が描かれていた。これが、本絵になると花売娘は一人になり、道は象徴的に白くなり、娘はその白い道の上に立っている。これは彼岸での再生の道であり、良い娘が再生したのである。それにには節子が愛し、いつくしむように描きつづけてきた野草の数々が伝説に語られているように、みんな折れて、娘を彼岸におくりとどけてくれたのである」とのこれまでのどの意見よりも説得性を持つ意見を述べておられる。

私は左上の少女について「なずな」説にこだわりたい気持ちである。節子さんの「再生願望」に引っかかるのである。つまり、再生願望については、これまでのいくつかの天女図でも明らかにされたように、節子さんは自分の死を静かに受け容れ、天から子供たちを見守る選択をすでにしているのである。その後で、最晩年に描かれた二つの『花折峠』の中に再生願望が現れているとしたら、節子さんの気持ちがそれほどまでに乱れていたのであろうか。最期の時まで、皆に感謝し、逆に夫靖将さんを励ました節子さんが、死を受け容れられなかったのであろうか。天女と再生の共存は、明らかな矛盾である。もし、小さな少女と横たわる娘が、同一人物であるとの仮定が成り立つとすれば、異時同画の技法によって、元気に出かけた少女が、今は静かに川の中に横たわっている、そんな解釈になる。これでは、節子さんが望んだ「メッセージ性」が余りに弱すぎるのである。しかも同じような絵を二度も描いているのである。再生を描くのであれば、左上の少女が横たわる娘を見つめる必要はない。横たわる娘が、同じ服装で、もっと生命力を持って立ち上がる姿が必要になってくるはずである。

石丸氏が説くような、小下絵（スケッチ）から本絵への節子さんの心の変化をどう読むのか、それが問題である。石丸氏は、「再生に二人は必要がないから」考え「一人＝再生」と考えたのであろうか。

昔話を節子さん流に変える時は、これまで見てきたように、強く何らかの「メッセージ性」を主張する場合である。昔話通りに下絵を、初めは二人で出掛けて、良い娘一人が死んだというのでは「メッセージ性」に乏しいと感じたから、節子さんは変更したのは間違いない。節子さんは考えた末に、「一人がいい」と結論づけたのである。私は、それを「再生願望」ではなく、彼女の一貫した「娘への母の思い」「死に目に立ち会わせなかった娘に母の死をこう見て欲しい」という「メッセージ」と解したい。それがこの時期に、節子さんの変わらぬ創作態度のような気がするからである。

節子さんは、絵の意味や意図について語ることは、全くなかったと言われる。『絵をもって語らせる』ことに徹した画家でもある。

そして、私はこの二つの『花折峠』の「色」にも注目している。いうまでもなく、節子さんにとって「白＝死」である。反面「赤・朱＝生・命・血」である。死を悼む折れた白い花の一方で、髪の毛も着衣も乱れず、静かに横たわる花売娘は、確かに死んでいる─けれども、まるで生きているように、美しい赤い服をまとい、眠っているような顔で横たわる。このような美しい姿の女性を、節子さんはかつて描いたことはなかった。この瑞々しいばかりの生命感は、生ある限り懸命に生きようと願い戦った節子さんの思いが、左上の小さな少女ではなく、大きく描かれたこの横たわる花売娘にこそ表れているのではないか。それが、私の解釈である。

節子さんは、メッセージ性のない絵は、この時期は特に描こうとはしない。節子さんは、なずなに何を残すか、懸命に考えていたはずである。さらに付け加えれば、小さく描かれた左上の少女は、この絵では、唯一とても綺麗な花を頭に捧げ持っている。その先の行手には、恐らくあの峠に連なる道がある。この道は、かつて節子さんが、草麻生を描いた絵『どこへゆくの』の道のカーブと同じ形をしている。なずなにも同じ思いで、「危ないところへ行っちゃだめよ」と声をかけたいと願っているとも取れる。

そして、なぜ同じような絵を続けて描いたのか。私は、ここにも節子さんの意図が隠されているように思う。川中に横たわる娘が、斜めからほぼ水平の位置に、より大きな姿で描かれているのは、時間的経過だと思う。娘なずなに「より近くでよく見て、ほらね」と節子さんが語っている、というのが、私の解釈である。

私は、この二つの絵には、もう一つの意味があると考えている。節子さんは、小さい時から、草花を心から愛した。それは終生変わらなかった。終始通奏低音のように鳴り響いていると感じていた。最期に差し掛かった『花折峠』では、愛した草花が、自分の死に際して、通奏低音から、フォルテシモで、茎を折って悲しんでくれている。手前の生きている緑の草の葉にも節子さん自身の「お別れ」が滲み出ている。そうでなければ、こんなに大きなスペースを取って、描こうとは思わないはずだと思う。死が近いと感じた節子さんが夫に「お葬式の祭壇には、白くて小さい花をいっぱい飾ってね。『花折峠』の絵みたいに」と、最期は、愛する花たちに見送られたい、との願望を語っている。

そして二つ目を描いた。これは、琵琶湖を取り巻く周辺の山々や湖畔への「お別れ」でもあったと私は思う。それほど彼女は、自然を友とし、自然に心を馳せた人生を送った、感受性の高い優れた画家だったと思う。

こうして大作を描き上げた節子さんは、それでもまだ「残された力」で、『余呉の天女』と『母子像』を描く。前者は、夫の誘いで一一月に最後の家族旅行となる余呉湖（節子さんの希望地）に行って、その民話に触発されたもので、民話の登場人物は、和子（男児）だが、娘なずなに置き換え、天女が天から、娘に何か語りかける場面を描いた。これが事実上の絶筆となった。

今一度振り返って、（節子さん自身を天女の姿に描いた、その）天女が登場する四作（『羽衣伝説』『三井の晩鐘』（筆者②）『湖の伝説』（筆者②）『余呉の天女』）について考えてみる（中二作がセットであることは、前述の通りだが、広く考えれば、この四作もまたセットといえる）。

梅原猛氏は、作品の出来から考えて、最後の『余呉の天女』を描くためのリハーサルとして、その前の三作を位置付けている。私は、いずれもが、節子さん自身が亡くなった後の情景を描いたもので、いつも天から愛する子供を見守る姿で、前述のようにそれぞれが節子さんにとって「大事な意味を持つ作品」だと考えるべきではないかと思っている。

そして四番目の『余呉の天女』は、一一月の最後の家族旅行で楽しんだ子供たちとの共有体験を大事に考え、最後に選んだものだと思われる。余呉の家族旅行は、子供たちにとって、生きている（一緒にかけっこもした）節子さんを実感できる最後の姿になることは、節子さん自身もわかっていた。余呉はそんな特別な場所である。我が子の心の中に生きている笑顔の母節

余呉の天女

子さんは、余呉の大自然の中にいる。そしてここ余呉は、節子さん自身が「天女になる場所」でもある。決して病院のベッドの上であってはならない。それを、母を慕う「なずな」に、絵でもって語っている。『花折峠』の二作で、「なずな」に永遠の静かな寝顔を見せた節子さんが、愛児たちの心の中に「天女として『再生』」することを何とかして描かなければならない。

節子さんの考えた「再生願望」は、『花折峠』で論じた単純な現世への再生回帰の願望ではなく、子供たちの心の中への深い愛情ある「再生」そのものであった。それが、この『余呉の天女』で締め括られた一連の「天女」を描いた最晩年の絵の持つ意味であろう、と私には思える。

そして、節子さんは意識していなかったであろうが、『余呉の天女』というネーミングは、言葉選びとしては、極めて暗示的である。「余呉＝四五＝死後」であり、そこで「天に召される」ことを奇しくも表している。子供たちへ「私はみんなで来たここ余呉で天女になったのよ」という語りかけでもある。

そして『母子像』は、乳飲み児（草麻生あるいはなずな？）を抱いて乳を飲ませる節子さん自身を描いた『母子像』で、これは新聞社の歳末助け合い運動で画家が寄付するために描かれていたものだという。命を絶たれようとする人間が、困っている人

母子像

を命の限り助けようとする、なんという人間愛の精神だろうか。どこからこんな力が湧いてくるのであろうか。そして興味深いことに、この絵は、草麻生の生後二八日目に夫靖将氏が描いたデッサンを元に、節子さんが母子を左右反転させて描いたものだという（夫靖将氏は、この左右反転に節子さんの画家としての意地を感じると言う）。節子さんにしてみれば、以前に夫が描いた自分を、自分の視点で画面に登場させた作品という点で、注目すべきものであると同時に、草麻生・なずなの二人の子供に乳をあげるという何にも勝る母性的行為を描いて、この世を後にしたということである。さらに穿ってみれば、夫の描いたものが、左の乳房を咥える草麻生で、節子さんが描いたのは、右の乳房に顔を埋めるなずななのだとすれば、あの「三井の晩鐘」で両眼を与える竜の化身の女（節子さん自身）とも重なってくる。

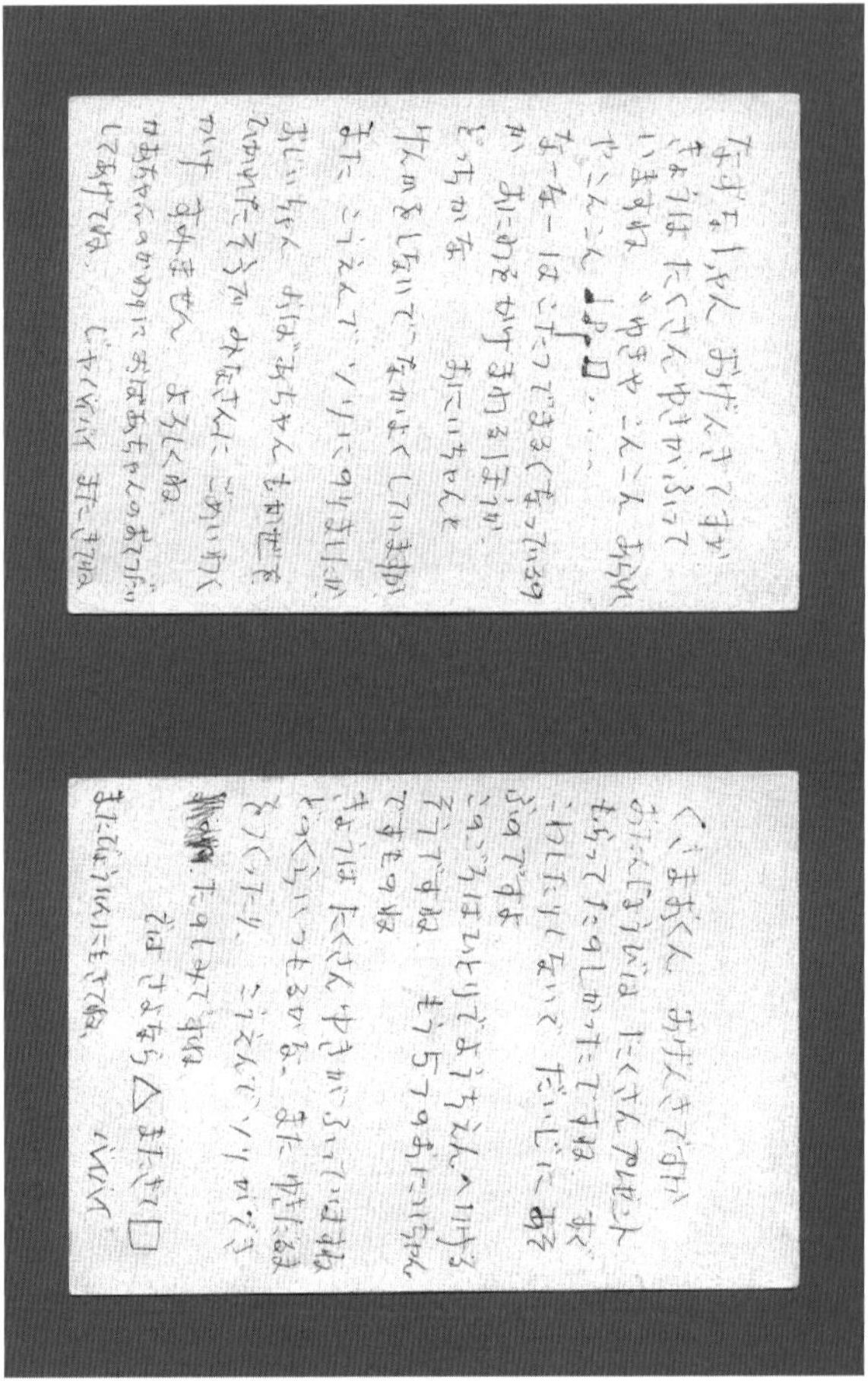
なずなちゃん　おげんきですか
きょうは　たくさん　ゆきがふって
いますね　"ゆきや　こんこん　あられ
やこんこん♪♪♫……
なーなーは　こたつでまるくなっているの
か　おにわをかけまわるほうか。
どっちかな　　おにいちゃんと
けんかをしないで　なかよくしていますか
また　こうえんで　ソリにのりましたか
おじいちゃん　おばあちゃんも　かぜを
ひかれたそうで　みなさんに　ごめいわく
かけ　すみません　よろしくね
かあちゃんのかわりに　おばあちゃんのおてつだい
してあげてね。　じゃ、バイバイ　またきてね

くさまおくん　おげんきですか
おたんじょうびは　たくさんプレゼント
もらって　たのしかったですね。すぐ
こわしたりしないで　だいじにあそ
ぶのですよ
このごろは　ひとりで　ようちえんへいける
そうですね。　もう５つのおにいちゃん
ですものね
きょうは　たくさん　ゆきが　ふっていますね
どのくらいつもるかな。また　ゆきだるま
をつくったり。　こうえんで　ソリができ
たのしみですね
では　さよなら△　またきて□
またびょういんにもきてね。　バイバイ

最後の手紙

死の七時間前に書かれたという二人の子供へのはがきは、「可哀想だから、死に立ち会わせたくない」と思った節子さんが、いつもと変わらぬ会話をするように、書かれている。それは、最後の別れといった悲壮感や苦しみなど微塵もない。むしろ、どこまでも「母と子」の終生離れない「絆」を感じる。草麻生には、「さよなら△またきて□」、なずなには「ゆきやコンコン　あられや……」と、楽しそうに歌を歌う節子さんがそこにいる。二人の子供の中には、永遠に「語りかけ、一緒に歌っている節子さん」がいるであろう。また「そうよ、私はいつも一緒にいるのよ」と節子さんは、語っているように、このはがきを見て、私には思える。はがきだから、「対話形式」になるのは当然ではあるが、この場合、「二人の子供に永遠に寄り添い、語り歌う節子さん」がいるのである。最期まで語りつづけた節子さんがそこにいる。

(三) 終章：夫・鈴木靖将氏の作品を見て

私は、二〇二三年二月九日に初めて節子さんの夫の鈴木靖将氏にお会いし、氏のお招きでご自宅で拝見した氏の作品を見て、またそこで節子さんが作品を描いていたという（目の前の竹藪の向こうに琵琶湖が見える）お部屋も教えていただき、「氏と節子さんが、どのようにお互いの創作活動なり、作品を見ていたのか」、それを近い将来、氏に伺いたいと思った。なぜなら、お二人がお互いに、お人柄に惹かれただけではない、同じ日本画家として専門領域において、互いに深くリスペクトしていた部分があったはずであり、それはどのように意識されていたのか、との私の素人ながらの想像があったからでもある。

後日（二月二一日）私が、靖将氏を再訪した時、氏は、節子さんの次のようなエピソードを教えてくれた。

「絵描きというのは、多かれ少なかれ、もう一人の自分がいて、客観視できるようなところがある。節子は特にそう思う。自分が初入選した絵は、牛の屠殺場の情景を描いたものだけど、それが胎児がお腹にいる牛なのです。そういう絵を見ても節子は興味を示していた。僕も節子も、生命と死というものを見ていた。」

「二回目の二人展で、僕が三井寺の見世物小屋の『蛇女』とか『牛女』のグロテスクなものをアレンジした絵なのです。こんな絵も節子は面白がっていたところがありました」

「こんなふうに自分を客観視できるから、ガン告知されても、別の自分がいて、これからの子育ての心配ではなく『あなたなら大丈夫』なんて逆に冷静に激励できるのですね。普通はこんなことはできない」

「節子は、いろいろなものに興味を持ちました。僕は、二九歳の時の二人展での絵が売れて、画廊のスポンサーがついてから画家として食べていけるようになったのですが、それまでは陶器の絵付をしていたのです。節子も面白がって手伝ってくれたのですが、大変細かな仕事でしてね。余り節子の体には良くなかったかもしれないですね」

「結婚するまでは、節子は野草のようなものばかり描いていたのです。花屋で売っているようなものじゃなく自然にある野草でしてね。『吾木香』なんて地味でしてね、でもとても心情的で芳《かぐわ》しいといいますかね」

「そんな野草もいいけど、僕は人物に興味があって、結婚してから節子に『思い切って人物を描いてみては』と言ったのです。それまでも人物を描くデッサン力はあったし、何よりセンスがよかったですからね。それから、インド旅行後の人物画とか三井の晩鐘とか、人物を描き出したのです」


こんな氏の語るエピソードは、何よりも節子さんという女性画家の人間性を浮き彫りにしてくれ、靖将氏との生活を通じて、互いに高めあっていく姿が目に見えるような気がする。

靖将氏のこの回想は、本当に自然過ぎるくらい自然で、私までが、その場にいるような錯覚を覚えたのだった。「節子が亡くなってから、もう四八年にもなるのに、昨日のことのように蘇ってくるんです」と話してくれた。「梅原猛先生の著書や節子を知る人々、テレビ放送などのお陰で、節子の生涯や作品の理解が、世間に広がり進んでいったことは、嬉しい限りです。これからどう伝え、残していくかが課題です」と氏は話す。

植松三十里氏は、前掲書『空と湖水』の中で、「節子さんが、自分が死んだ後の靖将さんの再婚について改まって言い出そうとするが、言い出せない。『次のひと、もろてもええよ』が出てこない」場面を二回書いている（余命一年との宣告後と余呉湖への家族旅行の時）。二回とも、一瞬の逡巡の間に、靖将さんが、「わかっているから」とそれを遮り言わせない。

植松氏は、節子さんの心情を「理屈では再婚を許している。むしろ子供たちのために、新しい母親を迎えて欲しい。なのに感情が邪魔をして、言葉が出てこない」「死にゆく自分よりも、若くして妻に先立たれる靖将の方が、つらいに違いない。喪失感を埋めるものが必要なはずだ……愛する夫が、自分以外の女性を愛することを、心のどこかが強く拒んでいた」と書いている。

私は、おそらく節子さんも人である以上、そういう気持ちはなくはなかったであろうと思う。しかしそれ以上に、節子さんは、靖将氏と一緒になって、刺激しあって好きな絵を描き、共に成長していく喜びを、自分の死によって靖将氏から一方的に奪ってしまうことへの辛さを感じたに違いないと思うのである。才能ある若き画家の無限に広がる未来をなんとか実現させてやりたい、そんな思いが、賢明な節子さんの脳裏にあったのではないか。それを靖将さんは、言わせずとも感じ取っていたのだと思うし、そんな靖将さんの思いをも節子さんは、理解していた。

靖将氏はこう述懐する。「(節子が私の再婚話を持ち出そうとした時は)節子も自分も、私が再婚するかしないかなど、わかるはずもなかったのですが、後になって考えると、節子が晴嵐と私を出会わせてくれたのではないか、そんな節子の温かさが節子にはありました。晴嵐と出会い、結婚して私の性格をいい意味で作ってくれたように感じます」と。

節子さんが子供たちへ最後に描いた「はがき」が祈りのプレゼントなら、これこそが節子さんが愛する夫にしてやれる最後の心からのプレゼントと考えていた、というのが、私の推論である。逆説的な言い方をすれば、三橋節子さんという画家が、年若い鈴木靖将氏の非凡な才能を当初から見抜いていたとも言え、それはまた、節子さんの慧眼とも言える。

鈴木靖将氏の作品を、詩人柴崎聰氏は、（一九七二～一九七九年）「長等時代―デフォルメと濁色」、（一九七九～一九九二年）「葛川時代―青の時代」、（一九九二～二〇二二年）「万葉時代―華やぎ」と三区分し、それぞれの時代を特徴づける。確かに、靖将氏の作品には、柴崎氏の言うような特徴が存在し、時代区分自体も頷ける。私は、更に進めて、それぞれの時代の靖将氏の中に、どういう心象風景が広がっていたのか、に心を動かされる。

「長等時代～デフォルメと濁色」では、節子さんとの子供が生まれ、生活していけるのか、将来の不安に満ちた画面が現れる。それは、やや奇怪に見える描かれた人物の姿や表情にも現れている（「花嫁の城」）。そして不幸にして訪れた節子さんの死に正面から向き合い、節子さんが、氏の頭を抱く姿（「夜の息」）は、節子さんを偲ぶ氏の

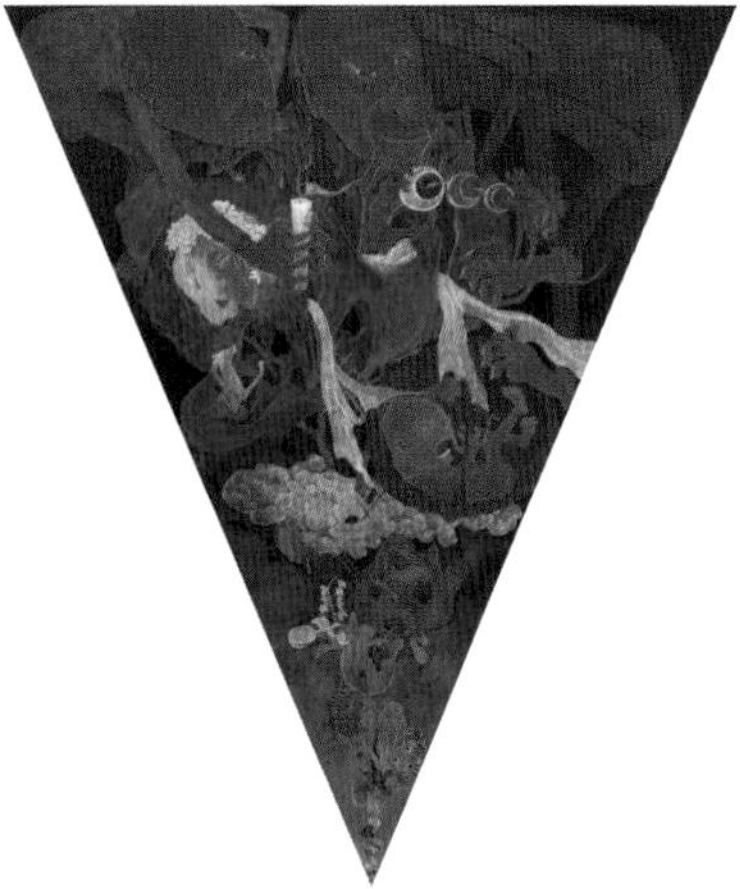

花嫁の城

夜の息

祈りが伝わってくる。

この二つの作品は、次の一四年に亘る「葛川時代～青の時代」に繋がっていく。この時代の青を基調とした作品の数々は、題材にも出てくる「葬送」というだけではなく、明らかに節子さんへのレクイエム（鎮魂歌）であり、氏の新しく歩む決意でもある。節子さんが「白」で死をイメージしたのに対し、氏はその死を静かな深い祈りを込めた「青」の色使いで弔っている。（「葛川蛍」）後日氏を再訪した際に、「鎮魂」という言葉が、この時代を特徴づけるとの話があった。

そうして氏の強い意志は、新しく妻として迎

葛川蛍

えた晴嵐さんの大きな支えと互いの創作活動の刺激によって、一四年に亘る「青の時代」を経て、次の「万葉時代〜華やぎ」へと、大きな変貌・飛躍を遂げていく。三〇代半ばで永眠した節子さんの思いは、まだ若い氏の再婚・新たな門出を心から願い、その実現を応援する気持ちとなって、確実に鈴木靖将・晴嵐夫妻に伝わり、その後の氏の活躍に結びついているように思える。そこには、以前とは一転して「万葉の華やいだ息吹」が、画面いっぱいに満ち溢れ、色鮮やかな情景が伸びやかに繰り広げられる（謀反の疑いで殺害された大津皇子を抱く妻山辺皇女の絵「磐余《いはれ》の池」と前掲の「夜の息」を見比べて頂きたい。同時に私は、この二つの絵に、あの節子さんが『田鶴来』を描いた思いを、今度は靖将氏が描いたことを発見する。節子さんの靖将氏への永遠の思いを、靖将氏がしっかり受け止めて、鮮やかに描き出した作品だと思う）。

磐余の池

靖将氏が節子さんとの出会いを「偶然ではなく必然であった」と語るように、こうした氏の心象風景の変容が、偶然性による一定の通過儀礼というだけではなく、必然のような気がする。そうした氏の足跡を踏まえて、（非礼を承知で）氏を敢えて定義するとしたら、「夭折した画家・三橋節子の夫」であると同時に、むしろ「万葉画家としての地位を確立し、活躍し続ける鈴木靖将」氏を我々は今はっきりと認識することができる。

この二年余りの闘病生活の中での、節子さんの奇跡的な創作活動が、いかに二人三脚いや二人三腕で成し遂げられたものであるかを雄弁に物語る逸話である。

そして、驚いたことに、いよいよ節子さんの死を迎えた時のことを、靖将氏が「こんな静かな美しい死は悲しいというより、

家族
銀《シロガネ》も金《クガネ》も玉《タマ》も何せむに勝《マサ》れる宝子に及《シ》かめやも
山上憶良

充実感のようなものがありました」と語る様子は、節子さんの安らかに逝った顔を見て、また二年間共に燃焼し尽くし、これからも生き続ける氏自身の偽らざる心境を、余すところなく表していたと思う。それは、取りも直さず「節子さんの思い」（悲しみではなく、感謝を、そしてこれからも生きていく希望といったもの）を氏が「確かに受け取ったぞ」との意味での「充実感」でもあった。であるからこそ、氏が節子さんの死後、一七年という長い歳月を経て、「万葉時代」という世界を切り拓き描いていけた源流がここにもあったのではないか、と思えた。

梅原猛氏は、節子さんの生き様と彼女の作品に感動し、迸るような筆致で『湖の伝説―画家・三橋節子の愛と死』を書いた。これにより

鈴木靖将邸のアトリエ

三橋節子さんは、さらにより多くの人に知られ、感動をもたらした。大津市の誇るべき画家として、二一世紀に入り、テレビやインターネットでも紹介され、広くその「人と作品」が愛されるようになった。私のように梅原猛氏の著作で節子さんを知った人、テレビ放送で節子さんを知った人、滋賀・京都で節子さんに関する展示等で節子さんを知った人、たまたま三橋節子美術館を知った人、いろいろなきっかけで彼女を知った人が、この美術館を訪れ、深い感動を覚え、備え付けのノートにその思いを書いている。私もその一人である。これは、同館のホームページにも載せられている。それらを読むにつけ、三橋節子さんの絵を見た感動が蘇ってくる。

三橋節子さんが、一九七五年の大雪の日に亡くなってから四八年になる。これまで見てきたように、「湖の伝説」を描いた三橋節子さんその人が、今では「湖の伝説」となった。密度の濃い堂々たる人生を送った「画家・三橋節子」さんのご冥福を心より祈りたい。

三橋節子　年譜

一九三九（昭一四）三月三日京都に住む両親のもと、大阪で生まれる。

一九五七（昭三二）京都市立美術大学日本画科（後の京都市立芸術大）に入学。

一九六〇（昭三五）新制作春季展で「立裸婦像」初入選。

一九六三（昭三八）山登り・スキー・旅行・陶器作り・英会話などの趣味を持つ。

一九六四（昭三九）新制作秋季展（以降秋季展）に『樹』出品。

一九六五（昭四〇）春季展に『樹響』『灌木』出品、春季展賞受賞。

一九六六（昭四一）秋季展に『池畔』『池苑』出品。

一九六七（昭四二）京都日本画総合展に『野草』出品、京都府買上げ。

春季展で『白い花』『疎林に立つ』春季展賞受賞。一二月インド研修旅行。秋季展に『白い樹』・『インドの子供達』『カンチプラムの路上』同展に出品。

一九六八（昭四三）一一月鈴木靖将氏と結婚。

一九六九（昭四四）春季展で『乾いた土とサリー』『土のぬくもり』春季展賞受賞。

秋季展で『カルカッタの少年達』『ベナレスの物売り』新作家賞受賞。

一九七〇（昭四五）二月長男「草麻生」誕生。

京都日本画総合展に『とわの土』京都府買上げ。

一九七一（昭四六）春季展に『よだかの星』『おきな草の星』出品。

秋季展で『土の香』『炎の樹』新作家賞受賞。滋賀県展で『どこへゆくの』県展賞受賞。

一二月長女「なずな」誕生。


一九七二（昭四七）京都日本画総合展に『裏山の収穫』出品、京都買上げ。春季展に『どこへゆくの』出品。新制作研究会展に『千団子さん』出品。秋季展に『鬼子母』『鬼子母神』出品。京の百景展に『陶器登り窯』制作。

（夫の）鈴木靖将と日本画二人展。

（筆者注―一二月（利き腕の）右腕切断手術が必要との診断受ける）


一九七三（昭四八）京都日本画総合展に『湖の伝説』（筆者①）出品、京都府買上げ。

一月京大附属病院に鎖骨腫瘍のため入院。

三月右腕切断手術。六月退院。

九月秋季展に『三井《みい》の晩鐘』（筆者①）『田鶴来《でんづるぐる》』出品。

一〇月滋賀県美術展で『湖の伝説　鷺の恩返し』芸術祭賞受賞。

一二月京都博愛病院に二度目の入院、左肺手術。

（筆者注―余命一年と知る）

一九七四（昭四九）一月退院
四月京都同時代展に『湖の伝説』（筆者②）出品。春季展に『三井の晩鐘』（筆者②）出品。

七月鈴木靖将と二人展（絵本原画『雷の落ちない村』展示）。

一〇月滋賀県展で『花折峠』（筆者②）芸術祭賞受賞。

（筆者注―一一月家族で余呉湖旅行）

一二月京都府立病院に三度目の入院。

一九七五（昭五〇）一月京都日本画総合展『余呉の天女』出品、京都府買上げ。絶筆

二月二四日　転移性肺腫瘍のため、京都府立病院で昇天、三五歳。

一九九五（平七）滋賀県大津市に「三橋節子美術館」開館。

三橋節子美術館にて、鈴木靖将（右）と筆者（「花折峠」の前で撮影）

二、「風」に出会った時

（一）廊下を吹き抜けた「風」

小学校の低学年の頃は、ツベルクリン反応、ＢＣＧ接種で陽転せず、定期的に抗結核のストレプトマイシンの臀部注射を打っていた。このため、運動は禁止され、体育の授業や運動会は見学するだけだった。こんな中で、唯一楽しい授業は、音楽だった。みんなより少しだけ高音が出せて、歌うことが何より好きで、授業の時も前でよく歌わされた。学校の登下校では、唱歌だけではなく、三橋美智也や島倉千代子の流行歌も大きな声で歌っていた。そして、小学四年生の時、やっと陽転して、晴れて暴れ回ることが許され、水を得た魚のように、水泳や野球に、日が暮れるのも忘れて興じるようになり、性格的にも明るくなってきたように自分でも思えた。

そんな時、ＮＨＫの学校放送で、当時全国の学校を巡り、歌を全国放送で届ける番組に私の小学校が選ばれ、独唱二曲と合唱一曲を歌うことになった。独唱曲は、二年生の女の子が『海』（海は広いな大きいな）と四年生の私が『みなと』（空もみなとも夜は晴れて）を、そして合唱曲は五、六年生が『海』（松原遠く消ゆるところ）を歌った。仙台の放送局で録音するために、電車で仙台に向かった。電車に乗ったのは、これが二回目で、歌う前からドキドキしていた。私たちの小学校は、北上川の河口にあって、海にもほど近く、そんなことからこうした海や湊に関係した曲が選ばれた。この経験は、運動もできずに劣等感に満ちていた私に、必要以上に自信を与え、少しばかり有頂天にもなった。

しかし、こんないいことも束の間のこと、長く続くはずもなかった。五年生の秋になって、学芸会や野球部の練習で大声を出し過ぎて、すっかり喉の調子を悪くして、高音どころか、まともな声が出なくなってしまったのである。そして、具合の悪いことに、これが、意外に長期に亘り、変声期で低音が出せるようになった「中学二年頃」までかかったのである。大好きだった音楽の授業は、一番忌まわしい授業となり、音楽なんてなければいいのに、とまで思うようになっていた。

こんな時、離れた教室から聞こえてきたのが、『風』だった。そして、それを歌っていたのが、友達だった「てっちゃん」で、それはそれは見事なボーイソプラノで、高音の「ホ（E）音」（つまりハ長調の曲の上の「ミの音」）を楽々と出していた（この年頃で「ホ音」を出すのは相当に難易度が高く、しかも綺麗に歌うのは至難の業であった）。「てっちゃん」の歌う『風』は、出だしの「誰が風を見たでしょう」で、

「おおー」と思わせ、「けれど木の葉を震わせーて」という、クレッシェンドのピークで、フェルマータで止まる部分など、本当に風が廊下を通り抜けていくような感動を与え、透明で爽やかに風を実感させるのだった。でも私にとって、この『風』は、てっちゃんの歌と共に、歌えない自分の情けなさ、やるせなさばかりで、必要以上の「悲しみ」を実感するばかりであった。

この歌は、英国の詩人クリスティーナ・ロゼッティの原詩を西條八十がほぼ直訳したものに、草川信が曲をつけたものであるが、草川信は、『ゆりかごの歌』『緑のそよ風』『どこかで春が』など、誰もが知る曲を作り、今でも親しまれている。そして、西條八十の訳詞は、直訳とはいえ、「見たでしょう」とか「見やしない」とか、少しばかりハイカラ感を感じさせるものであり、草川はうまくそれを曲に仕立てている。

風

クリスティーナ・ロゼッティ　原詩
西條　八十　訳詞
草川　信　　作曲

誰が　風を見たでしょう

僕も　あなたも　見やしない
けれど　木の葉を　ふるわせて
風は　通りぬけていく

誰が　風を見たでしょう
あなたも　僕も　見やしない
けれど　樹立《こだち》が　頭をさげて
風は　通りすぎていく

その後の私にとって、「風」にまつわるあらゆるものが、この悲しい体験に結び付けられ、この時の「てっちゃん」の歌う『風』が、悲しみと共に条件反射的に脳裏に浮かぶのだった。『緑のそよ風』のような題名に「風」があるものや『野菊』のように「遠い山から吹いてくる小寒い風」のように歌詞で出てくるもの、フォークで流行った北山修の『風』（人は誰もただ一人旅に出て）、ボブ・ディランの『Blowin' in the wind』でも、また松本隆作詞で松田聖子が歌った『風立ちぬ』まで、そして堀辰雄の自伝的小説の『風立ちぬ』、マーガレット・ミッチェルの『風と共に去りぬ』などなど歌のみならず小説でも、みなそうだった。そしてまた、あの体験から四〇年以上も経って、宮崎駿のアニメ『風立ちぬ』を見て、またもやあの『風』の体験を思い出したのだった。我ながら、子供の時の感情が、いつまでも抜けていかないある種の「『風』への執念深さ」のようなものを感じてしまう。

（二）「風」の三態

「風」が表しているのには、概ね三つの意味がある。

一つ目は、文字通り、自然現象として吹く「風」で、『緑のそよ風』や、『野菊』に出てくる「風」はまさにこれである。風は季節を告げるものでもあり、また強風・暴風となると人々の生活や農漁業に大きな影響があることから、恐れられもした。そのため、「風の盆」のように風鎮祭的な意味を持つ祭りや行事があったり、「風神・雷神」のように説話や絵画に表されたりもした。

堀辰雄の『風立ちぬ』では、数ヶ所で吹く風が出てくるが、愛する妻節子を亡くしてからの最終章では、年の暮れの枯葉・枯木をカサカサと擦らせる「風」の描写で、寂寥感と共に幕を閉じる。

宮崎駿の『風立ちぬ』は、何度も一番目の物理的な「風」を要所要所に持ってくる―例えば、はじめに彼女菜穂子と出会う列車で、風で主人公堀越二郎の帽子が飛ばされ彼女が捕らえる場面、二度目に巡り合った時に吹いた風で飛ばされた彼女のパラソルを主人公堀越二郎が捕らえる場面や、同じ避暑地のホテルにいる彼女に紙飛行機を飛ばす場面など―。とりわけ紙飛行機の場面では、あの西條八十の歌詞を口ずさみ、～「風は通り過ぎていく」の後で、「風よ　翼をふるわせて　あなたのもとへ届きませ」と続ける。なんと宮崎駿もあの草川信の『風』を意識していた。私は、宮崎駿と同じものを見ている特別な、なんともいえない「感慨」にとらわれたのである。

二つ目は、「風」が、物でもなく「現象」でもあることから、「見えないけれども確かにある」ものとして、ロマンの対象であったり、不思議なものとして語られることも少なくない。前掲の『風』の歌も、一つ目の意味を持ちながらも「見えないけれども確かにある」を表している典型である。金子みすゞが、昼の星を「見えぬけれどもあるんだよ」とは、「本当はあっても昼間だから見えにくい、見えない」というのとでは意味が違うが、見えないけれども実在するという感覚は同じである。そして、ボブ・ディランの「Blowin'in the wind」の歌の「the answer,my friend,blowin'in the wind」という時、まさに見えないけれども確かにある、ということを意識しているが、その象徴的なものとして、「風」という言葉を用いているように思える。

三番目は、これまでの空気を大きく変えてしまうような、大袈裟にいえば、時代を画するような事件や事象、そんな意味に使われる「風」である。

堀辰雄の『風立ちぬ』では、まさに愛する妻節子と出会い、そしてその妻を肺結核という当時不治の病で亡くす、主人公に降りかかる大きな事件である。この出会いと別れという「風」が、二人の深い愛情を表現する舞台づくりになっている。ミッチェルの『風と共に去りぬ』もまた、スカーレット・オハラが、「南北戦争」という米国の建国以来の大事件に遭遇して、彼女の人生は大きな変更を余儀なくされる。その画期的な事柄としての「風」を象徴的に表題に持ってきている。

そして、宮崎駿の『風立ちぬ』は、大事なのは、堀辰雄の意図した以上に三つ目の「風」を意識している。妻菜穂子と出会い、その妻を肺結核で失うという大事件と、また零戦（風を受けてとぶ飛行機を象徴的に描いている）の設計に携わっていた主人公堀越二郎が、太平洋戦争の敗戦という二つの大転換点を迎えるその象徴としての「風」が暗黙のうちにあり、その意味において、「風立ちぬ」という言葉に、一つ目以上の意味合いを持たせている。とりわけ、夫婦愛を切々と描けば描くほど、失った時の喪失感が「風」の大きさを物語っている。「風」は、この二つの大きな喪失感・絶望感を伴う出来事を結びつけるだけでなく、重要な「メッセージ性」を持っている。それは、この「風」を受けて（未来に希望を持って）大空を飛翔する「飛行機」、その設計にこれからも「生きねば」というメッセージを宮崎ははっきり示す形で、「ポジティブなリアリティ」を持った作品に仕上げた。

(三) 二つの『風立ちぬ』

堀辰雄は『風立ちぬ』の巻頭に、ポール・ヴァレリーの仏語の詩の一節を掲げている。

Le vent se lève ,il faut tenter de vivre　PAUL VALERY

である。風が吹いて画架と共に節子の絵が倒れた音で、それをとりに行こうとする節子を主人公が無理に引き留める場面から、小説が始まる。この時、主人公の「ふと口を衝いて出てきた詩句」が、「風立ちぬ、いざ生きめやも」である。そして、二回目は、節子が結核療養のため、サナトリウムに行く準備をする場面で、同じ「詩句が、それきりずっと忘れていたのに、またひょっくりと私達に蘇ってきたほどの、――云わば人生に先立った、人生そのものよりかもっと生き生きと、もっと切ないまでに愉しい日々であった」とやや積極的に思えるようなニュアンスで続く。堀は、仏語ではなく、日本語の使い方を間違えたのだろうか。

「ヴァレリーの仏語詩を、堀のように訳すのは、明らかに間違いだ、堀は仏語をわかっていない」、と厳しい堀辰雄の誤訳に対する批判が、文壇を騒がせた。私は仏語はわからないが、いくつかの解説文を読むと、確かに、原詩の訳文としては、「風が吹いた、さあ生きることを試みなければならない」とか「生きなければならない」といったところが、妥当のようであるが、堀の「生きめやも」では、「生きるのか、生きないよな」「死ぬかもなあ」といったなんとも消極的なニュアンスになって、全く反対の意味合いが出てしまう。批判者は、それを鋭くついた。堀辰雄ほどの作家が、本当に知らなかったのだろうか。堀は、それを知った上で『風立ちぬ』では、敢えて「生きめやも」を使ったようにも思える。

先日、ヴァレリーの仏語詩の日本語訳をインターネットで調べていたら、埼玉県立久喜図書館というところが質問に答えて、―『日本文芸鑑賞事典一一　一九三四～一九三七年』（石本隆一編纂　ぎょうせい　一九八七　P二五四）堀辰雄が、新潮社刊「聖家族」（昭和一四年八月）の序では、「風が立った。……生きなければならぬ」と原詩により近い訳を試みている、との記述あり―という記載を見つけた。私は、その原資料に当たっていないので、その真偽はわからないが、もしそうだとすると堀辰雄は『風立ちぬ』の中で「いざ生きめやも」との訳が、ますます意図した創作のように思える。

堀辰雄のこの自伝的小説『風立ちぬ』では、「強く生きていこう」という力強い意志が感じられないし、とことん落ち込むまでに、妻節子の死の衝撃に耐え、ただただ一日一日を逡巡しながら生きていく自身を描いている。だからこそ妻を愛する深さが表現されているようにも思えることからも、堀辰雄の訳詞は意図的とも思えるのである。

それはそれとして、私には、(私の家からほど遠くないところにあったサナトリウムは親近感があって、それを除けば)堀好みのフランス趣味にはあまり共感を覚えなかったため、この小説は、あまり心を揺さぶらなかったのだと思う。

宮崎駿のアニメ『風立ちぬ』では、冒頭部分で、ヴァレリーの詩が、仏語と堀辰雄の訳詞で出てくる。ここでは、堀の訳詞を採用したかに思えるが、少女と出会った列車のデッキでは、主人公が、仏語でこの詩を誦じた後で、「風が立つ、生きようと試みなければならない」と呟く場面がある。これは、まさに原詩の意味を踏まえた宮崎駿の解釈である。

そして、その後の主人公に降りかかる苦難をどう乗り越えるのかを予感させるものだが、妻が結核でなくなり、敗戦で衝撃を受けながらも、夢の中で菜穂子が「生きて、生きて」と叫び、それを受けて、戦後の初の国産飛行機設計に情熱を注ぐ主人公堀越二郎の力強い生き様から見れば、「生きようと試みる」からさらに進めて「生きなければならない」強い思いが感じられる。私の見たＤＶＤのカバーには、「生きねば」という言葉が、太文字で書かれている。そうしたことから、堀辰雄とは正反対の『風立ちぬ』を、宮崎駿作品に見ることになる。

因みに、宮崎駿は、このアニメ映画作品を作った時に、「堀越二郎、堀辰雄に、敬意を込めて」と書いている。宮崎駿は、堀辰雄の何に心を打たれ感動したのだろうか。単に極限状況に追い込まれていく夫婦の深い愛情を内面深く描いただけではなく、その情景に悲しくも美しい「ポエム」を感じたから、と私は理解した。そして勿論、宮崎駿の作品によくみられるような「空」とか「飛行機」への強い興味とそれを体現した堀越二郎へも、高い関心を持っていたに違いない。そしてこの作品の特筆すべき点は次のようなものである。

①堀越二郎という実在の人物と堀辰雄（またはその作品の主人公）を重ねた主人公を作り上げて、うまく愛する妻と飛行機設計という二つの大事なものを、テーマの中心に据えたこと。従って、実在している人間の合成であることで、実在した二人の

人物そのものの一生という「歴史」から離れている部分があって、「歴史そのまま」ではないが、良い作品を作る上で、そんな不都合を切り捨てられる宮崎の大胆さには脱帽する。

②「夢・幻」を作品に効果的に取り入れ、幼年時代の主人公の飛行機（さらに著名な飛行機設計者）への強い思いとともに、作品に奥行きを与え、また、亡くなった妻菜穂子の「生きて」の叫びを、主題の「これから強く生きる」現実の決心につなげていくことで、より鮮明に主題を浮き立たせている。

③実際にあった「関東大震災」や「太平洋戦争と堀越二郎の実体験」を持ってくることで、シナリオにリアリティを持たせることに成功している（これが、妻菜穂子の死と共に「風」を意味することは前述した）。そのリアリティの表出には、実際に就職した企業名や飛行機製作に関係する会社名がそれとなく出てきたり、ドイツ出張での体験があって、著名な技術者と会えたり、ドイツの技術の凄さを体感したりすることも、貢献している。

④そうした困難な時代にあって、高原のホテルや世間離れした療養所といった洋風な

舞台設定をしたことで、堀辰雄の作品から示唆を受けて、少しもジメジメした感じを抱かせずに、爽やかでかつ純粋で透明感のある夫婦愛を表現できたこと。

⑤「風」と「飛行機」を巧みに結びつけ、この作品を特徴付けることに成功した。加えて、荒井由美の「ひこうき雲」をテーマ曲に選び、エンディングでは、最高の盛り上がりを見せて、たくましく生きようとする主人公の姿を強く焼き付けている。

結論的にいえば、この作品は、戦中戦後を経験した主人公―妻菜穂子との深い愛情に結ばれ、飛行機設計に生涯を捧げ貫いた一人の日本人の生き様を、「ポジティブ」な視点で捉えている。このポジティブさこそが、多少実話と離れていても、このアニメ映画を見るものに感動を与えることは間違いない。ここでも、スタジオジブリ作品のどれもが、期待を裏切らないことを証明してみせた。

ついでにＤＶＤで見たこのアニメ作品には、絵コンテ版（セリフが音入れされている）もついていたが、これはこれで、アニメ映画の完成版とは違う、見る者の想像力を掻き立てて、立派な作品と言える。同時に、絵コンテは、完成品の準備段階の半製品というだけでなく、それ自身芸術品たりうることを意味している。古くからある紙芝居や漫画本がなぜ子供たちのみならず大人にも受け入れられてきたのか、それがわかる。「紙芝居や漫画と言って、決して侮るなかれ、いわんや絵コンテをや」である。
もう一つ思い出したのが、渡部昇一が、松本清張の昭和史を「暗黒史観」と呼んで、痛烈に批判したことだった。渡部は、戦争に突入していく時代を、清張が暗く希望のない時代として描いているが、決してそんなことばかりではなく、輝く青春もあった、清張の見方は一面的だという趣旨だった。この宮崎駿の『風立ちぬ』は、彼自身の温和な平和主義的思考を持ちながら、難しい時代の中で、明るく希望を持って強く生きていこうとする。そんなある種の渡部昇一にも通じる清張的史観に対する具体的な「アンチテーゼ」のようでもある。

「風」について思い出したのだが、私が今最も期待している気鋭の日本人ピアニストは、「實川風《ジツカワカオル》」さんである。彼のショパンは、これまでの名演奏家と言われる人たちとも違う新しい「風」を感じさせ、爽快感を伴う。

コラム1～「Simple is best」の国語的証明

どうして世の中こんなに不祥事が多いのだろう。毎月、毎週のように、ニュースで報じられている。建築、食品、自動車、原子力設備などなど安全に関連する様々な製品・サービス、そればかりではない。政治家の公私混同、スポーツマンの不適切行動、果ては有名人の不倫騒動に至るまで、「偽装」「改竄」「虚偽報告」のオンパレードである。二〇〇七年の「今年の漢字」は、「偽」だった。不祥事の動機もまた様々である。金儲け（負担の縮小も）、名誉や地位への固執、上位者への媚び諂《へつら》い（自己の昇進、昇給、評価向上などに繋がるし、「忖度」も同様である）から、私的な性的欲求実現に至るまで。正当化できる要素がある場合は、それをフル活用する。例えば、食品偽装の中には、賞味期限を偽って再利用する時に、「別段それほど価値が下がらないのなら、再利用するのは『もったいない精神』から認められるべきだ」という類は、これである。政治家は、特に狡猾である。なんだかんだ、のらりくらりで「人の噂も七五日」を決め込む。こうした不正がバレた時の対処を誤ると、不正そのものよりもその後の行動により強い反感・しっぺ返しが待っている。マスコミに追及された社長が「私は寝ていないんだ」と睡眠不足を大声で言った途端に、炎上してしまう。不正は、勿論いけない。しかし、万が一、不正をしてしまった場合には、即座にそれを認め、誠実に対応することが、同じように大事なのである。不正を再生産すると、もっと大きな損失を被る。時に会社の存続にも影響してしまう。それを教えてくれるのが、「Simple is best」の教えるところである。次で、日本語の奥深さを噛み締めたい。

ねる（練る）：深く考えて行動する（最善）
↓
こねる（捏ねる）：何らかの動機で不正をする（虚偽行為）
↓
そこねる（損ねる）：不具合・不都合が生じる（損害発生・不正発覚）
↓
みそこねる（見損ねる）：後の事態の悪化を見通せない（管理不能・管理不在）
↓
つかみそこねる（摑み損ねる）：より致命的な結果を招来する（信用失墜・制裁―現状継続不可）

三、「狼」に嚙みついた男

(一) 井上靖の小説『蒼き狼』

私の二〇代といえば、横浜の工場勤務で、鎌倉にほど近い独身寮で過ごし、まさに青春を謳歌していた。仕事は、経理関係で年がら年中忙しく、休日や毎日の自由な時間の捻出には大変苦労していた。会社の同僚との「テニス」もやりたい、三浦半島での「磯釣り」もやりたい、ハマっていた「クラシック音楽」も(購入したばかりのコンポーネントタイプーLUXMANのアンプ、LEAKのスピーカーというお気に入りーのステレオで)気の済むまで聴きたい、読書(歴史小説、推理小説、時代小説など)ももっとしたい、「麻雀や飲み食い」も極力楽しみたい、同じくらいのレベルの友人との「囲碁・将棋」でも強くなってギャフンと言わせたいなどなど、やりたいことは山ほどあり、時間はいくらあっても足りなかった。おまけに、二〇代後半は、経済的な余裕もできて、車を買ってドライブしたり、「遠距離交際」なんてこともしていたものだから、なおさらである。読書なんて、音楽を聴きながらでもできそうなものだが、クラシック音楽をちゃんと楽しもうと思うと、そんな器用な「ながら聴き」などできるはずもない。そして、遠距離交際の方は、井上陽水の歌じゃないけれど（心もよう）「遠くで暮らすことが、二人に良くないのはわかっていまーす」で結局は、三年足らずで破局を迎えた。

読書の方はというと、松本清張、司馬遼太郎、陳舜臣など、読むスピードよりも書く方が速いのじゃないか、と思うほど、多作の上に秀作揃いで、追いつくのが大変だった。この三人だけでは偏ってしまうなあ、と思いながら、井上靖、新田次郎、山本周五郎、藤沢周平、海音寺潮五郎などなど、とても系統的とはいえない乱読状態で読み漁っていた。

そんな時に、井上靖の『天平の甍』を読んだ感動は、忘れられないものとなった。不遜にも「こんな小説が書けたらなあ」と思ったりした。井上の筆にかかると、気品とロマンのある古代や古代西域の世界に誘い込まれ、読後はなんともいえない充実感を覚えた。

そもそも井上靖を初めて知ったのは、高校三年の「現代国語」の教科書で取り上げられた『氷壁』という小説であった。この作家は、人間の極限状態での心理の奥底を描くのが上手い人だなあ、と感心しながら、読んでいた記憶がある。その時の教科書には、短歌と俳句の世界で北原白秋・室生犀星などや、現代文芸として井上靖のほか、三島由紀夫など、また芸術の世界の紹介では、岸田劉生やロダンのことなど、数多くの芸術家の文章や彼らのことを書いたものなどが題材として取り上げられていた。そう考えると、教科書というのは、比類なき総合的なガイドブックとしての役割を果たしていたのだということに改めて思い至る。その井上靖が後の「西域ブーム」の火付け役となっていくのだが、その中の一つが「史上空前の大帝国を築き上げた稀代の英雄チンギスカン（成吉思汗）の波瀾に満ちた一生」（帯文）を書いた『蒼き狼』（新潮文庫）だった。

井上靖は、同じ新潮文庫に収載された「『蒼き狼』の周囲　成吉思汗を書く苦心あれこれ」と題してこう書いている。

『成吉思汗実録』は『元朝秘史』という原名通り元朝に秘蔵された史料で……謂わば蒙古民族の古事記とでも言うべきもので……成吉思汗の幼少時代、壮年時代のこととなると、これに依る以外いかなる書物もない。……私は初め蒙古民族の交流の相を書きたい気持ちに支配されていたが……、しかし、私が成吉思汗について一番書きたいと思ったことは、成吉思汗のあの底知れぬ程大きい征服欲が一体どこから来たかという秘密である。……大国金を制圧しただけで収まらず、西夏、回鶻《ウイグル》と兵を進め、ついに回教国圏内にはいり、裏海沿岸から、ロシアにまで軍を派したのである。それも全く彼一人の意志から出ている……一人の人間が性格として持って生まれて来た支配欲といったものでは片づきそうもない問題である。こうしたことは、勿論、私にも判らない。判らないから、その判らないところを書いて行くことで埋められるかも知れないと思ったのである。

こうして、井上靖は、自らに解けそうもない問題を出して、この小説を書き始める。「成吉思汗のあの底知れぬ程大きい征服欲が一体どこから来たかという秘密」「一人の人間が性格として持って生まれて来た支配欲と言ったものでは片づきそうもない問題」と、このように問題を大きくしてしまうと、成吉思汗が「神」であったと証明するか、あるいは、人間離れした能力ないし力を持ち得た「神秘的な体験」などの根拠にたどり着かない限り、証明などできはしない。成吉思汗が人間である限り、そのようなことは、歴史的にも科学的にも、証明のしようがない。どうするのだろうか。信仰・宗教の世界なら別だが。井上靖は、この難題を、あの「蒼古民族は、狼の裔」という言い伝えをもとに成吉思汗に語らせる。

鉄木真（テムジン：成吉思汗の初めの名）は、征服した部族の女に子供を産ませる習いから、子供を授かった時にこう心の中で言う。「自分がモンゴルの血を持っているかどうかの問題に苦しんだように、将来この嬰児もまた同じ苦しみを持つ運命を担っていた。そして自分自身が狼になることに依って、己が躰のモンゴルの血を立証しなければならぬように、ジュチ（嬰児の名）もまた同じように狼にならなければならぬ運命を背負っているのであった。」

そして「今や鉄木真が蒙古高原を支配しているただ一人の権力者であり、……依然としてモンゴルの蒼き狼の裔でありたいことを願っていることを知っていた。」とし、南の万里の長城を越えるについて「もし自分が蒼き狼の裔であるなら、それを為さねばならないのだ」として、群衆を鼓舞する際には、「(モンゴル民族が）蒼き狼の裔」であることを、ことあるごとにアジテーションに用いる。そして、息子のジュチが、大きな戦果を挙げ、凱旋した折には、「成吉思汗はジュチがモンゴルの血であり、蒼き狼の裔たることを立派に証明したことが満足であった。」

井上靖は、成吉思汗が蒼き狼の裔になることへの願望が、終わりなき征服の実現で、「『蒼き狼の裔』だからできた」、との逆説を正当化する過程を描いている。そして、その「蒼き狼は敵を持たなければならぬ。敵を持たぬ狼はもはや狼ではなくなる」という永続的な闘争・征服の性格を狼の生来の特質であると、成吉思汗に言わせる。初めに「狼になる願望」を抱く成吉思汗は、極めて限定的な思考回路の中で、自己暗示とも言える方法で、その思考の正当化を図ろうとする。

これが、井上が導き出した「判らないところを書いて行くことで埋めて行く」という作業に他ならなかった。これは「持って生まれて来た支配欲といったものでは片づきそうもない問題」とか「底知れぬ征服欲」の源泉を突き止めたことに成功したと言えるのかは、私には甚だ疑問である。

しかし、多くの批評家と言われる人々は、この作品に多大な賛辞を贈る。前掲の文庫本に「解説」を寄せた亀井勝一郎は言う。「狼の裔として、自分こそ『狼になる』—これがモンゴルの男性の情熱の根源であった。そのためにはあらゆる逆境に耐えなければならない。……井上氏がここに描いたのは、逆境によって鍛えられてゆく強烈な意志の姿である」と。

それ自体、間違いではないし、私もそう思う。でもそれが、あの執筆動機である、大きな秘密や謎を明かしたことになるのか？　と言われると、少し首を傾げざるを得ない。秘密や謎の程度問題というふうにいってしまえばそれまでだが。

（二）大岡昇平との「歴史小説」論争

　こうした状況で、この作品とその礼賛者に対して、猛然と反旗を翻して、論陣を張ったのが、大岡昇平である。大岡は、大衆受けする作品への生理的な反発を隠さない。こんな小説が、評価されていいはずがない、と言わんばかりに切り込む。大岡は、『常識的文学論』の中で、「『蒼き狼』は歴史小説か」と題して言う。

　批評家たちが「本年度の一大収穫」「規模雄大の歴史小説」「井上文学の転回点」「現代的な英雄叙事詩」など、口を揃えて絶讃している。『蒼き狼』がこれだけの賞讃に値する作品であるか。……結論を先に言えば、『蒼き狼』はこれまでの井上氏の小説群と、題材を除いて、大差のない小説である。叙事詩的でもないし、歴史小説と言えるかどうか疑問である。井上文学の転回点どころか、その限界をはっきり示した作品である。以下にこれを立証する。

と、批評家もろとも、『蒼き狼』いや「井上文学」をバッサリと斬って捨てる。大岡は、

「私見によれば叙事詩とは形態的には韻文で書かれた長詩で、戦争を内容とする……『蒼き狼』が叙事詩的と感じられるのは、それが成吉思汗という中世の軍事的英雄を主人公としているから。氏はむしろ成吉思汗をロマンティックに描きすぎ叙事詩を傷けていることは、追い追い明らかになるはず」

「成吉思汗に所謂出生の秘密や、民族の伝承によって狼になろうと志した、という記事の記憶はな（く）……狼になろうはまったくの井上氏の創作に係り、根拠は薄いようである……民族が始祖とあがめる狼は、（井上氏がいうような）かかる猛獣と表象されていたかどうか」「井上氏が現代の動物小説から得た狼の観念（での）、狼の原理は全篇に繰り返され、氏の小説家の手腕によって、作品に一応の統一を与えているが、原理には現実性がないから、統一はそらぞらしく、いたるところ破綻せざるを得ない」

続いて、大岡は、モンゴルにおける略奪婚の認識の仕方で井上の理解に疑問を呈した後で、「彼（成吉思汗）がモンゴルであることは行為によって証明するほかない。これがあの大征服の原因であったというのが、井上氏の第二の発明である」として「歴史的事実に尊敬を払わなければ、歴史のイリュージョンは消え、作品は歴史でもなければ、小説でもないという、空虚の中に落ち込む」と、こんなものが「歴史小説でもなんでもない」と言わんばかりである。そして、「彼（成吉思汗）の（大征服による）統一は、『狼』の原理に忠実であったためではなく、氏族連合体を、専制君主制による軍事国家に編成替えしたことによって可能であった。遊牧を掠奪というより手取り早い生産様式に代えたためである」と、冷静な歴史学の常識を持ち出して、井上の見方を退ける。

『蒼き狼』が発表され、またその賛辞や大岡昇平の批判がされたのは、昭和三五年（一九六〇年）のことだから、その頃日本は、六〇年安保の真っ最中で、国論が二分され、騒然としていた頃である。私のその頃は、小学校の高学年で、安保反対運動とか、樺美智子さん死亡など、毎日のように、安保一色のニュースが流れていた、そんな時代である。そんな社会状況の中で、文壇では、こんなにも熱い論争が井上や大岡の周りでなされていたのか、と思うと何だか同じ時代のことなのか、不思議な気持ちになる。まぎれもなく、ここにはここの譲ることのできない世界があったのである。

そしてここまで大岡昇平に言われては、さすがの温厚な紳士の井上靖も黙っているわけにはいかず、『歴史小説の周囲』（講談社文庫）に収載された「自作『蒼き狼』について―大岡氏の『常識的文学論』を読んで」で、「自作を護るために一言」しないわけには行かなくなるとして、反論する。

「(大岡氏のいう)『氏族連合体を、専制君主制による軍事国家に編成替えしたこと』に成吉思汗の大業が負うているとするのは、……まさにその通りであるが、それだけの常識では成吉思汗を小説化することもできないし、(大岡氏の言う)『蒼き狼の原理の発明』(によって)私は初めて成吉思汗を書きたいと思ったし、書くことができるという気持ちを持った」「私が書きたかったのは、歴史ではなく小説である」と井上は、再度自分の立ち位置を明らかにする。「大岡氏は史実だけを取り扱った史実小説しか歴史小説として認めてはいないものの如く受け取れるが、史実だけを取り扱うにしても、なおそれが文学作品である以上、作者は史実と史実の間にはいって行かなければならぬ」として、一歩も譲らない。そして井上は、あの有名な「鷗外の『歴史そのまま』と『歴史離れ』の作用は、……作家の心の中にいつも交互に現れて来る」「……大岡氏に依って『安易な心理的理由づけ』と断じられたことは、私には痛いことであったが、これはこれでやはりそうかという気持ちがあって、氏の批評にさからう気持ちにはなれなかった」と正直に、井上らしく相手を尊重しつつ、「史実だけで成吉思汗の伝記を綴ることは不可能」としている。

しかし、どんなに相手が敬意を示そうと、ソフトな言い回しをしようと、自説への反論を正面からしてきた井上靖に対して、大岡は、得たりとばかりに再反論をする。前掲書の中で『成吉思汗の秘密』で次のように言う。

私が、『蒼き狼』を非難したのは大体二つの点……①成吉思汗が出生の秘密を持ち、モンゴル伝承の『蒼き狼』から霊感を受け、狼を理想として、あの大征服を行った痕跡は全くないこと、従ってこれが歴史小説と言えるかどうか疑問、②歴史小説と称しながら、諸人物の描き方、戦闘の描写その他、アメリカのスペクタクル映画なみのいい加減なもので、大衆の口に合うように料理されたものに過ぎない……井上氏が問題にしたのは、①の方だけであって、②については自分の作品は未熟なものである、という謙遜なポーズで逃げている。……しかし、歴史小説かどうかという問題は、当然②の評価と切り離せない……。

大岡は、「『元朝秘史』が史実だとはどこにも書いていない」とした上で、『元朝秘史』中二ヶ所の狼の記述が、井上の描く如き猛獣を示していないから、「狼は敵を持たねばならぬ、敵を持たぬ狼は狼でなくなる」の如き思想を、成吉思汗に持たせるのは、無理ではないかと言ったまでだとして、逆に井上が、『元朝秘史』の二ヶ所の「狼」の記述を一ヶ所はそのまま取り入れ、もう一ヶ所は「山犬」と書き替えたのは、はっきり言えばインチキだ、と逆襲する。（これは）一応考えなおしてもいいではないか、という私（大岡）の意見に、氏（井上）は、『象徴された狼』の他は関心がないと言う。史料に対するこういう態度は当然、歴史と小説の問題にからんでくる。

そして、ダメを押すように、鷗外の愚痴を自分の都合のいいように解釈するな、と釘を刺して、「歴史小説は歴史から離れなくては書けない。しかし、逆説めいて恐縮だが、人は歴史に忠実であることによって、初めて歴史から離れられるのである」と、井上の『蒼き狼』は肝心なところで歴史を逸脱している、と大岡は説教風に言う。

大岡の執拗かつ口を極めた反論は、もはや井上靖の再反論を許さぬほどの苛烈さであったし、私は、その後の井上の本件での再反論を目にしていない。井上靖の気品があってロマン溢れる作品は、井上自身の人柄にも通じるもので多くのファンを惹きつける魅力ではあるが、脇の甘さにも通じていて、こう理屈っぽい大岡のようにキリキリと攻め込まれると、脆さも露呈することになる。しかし、この時の大岡との論争は、その後の井上の作品をより史実を丁寧にあたらせたという意味で、プラス面に働き、多くの魅力的な傑作群を生み出す源泉ともなった。

そして、後年井上は、講演会の中で、（『蒼き狼』を書いたが、史料としては、まあみな『元朝秘史』によってしか書く以外にないし、専門家もそれをもとにしている、とした上で）「小説の書く場合にも、それに拠らなければならないんでありますが、これはどこが間違っているか、どこが正しいかと調べようはない。もともと叙事詩でありまして、まあ一応それを正しいものとして取り上げて小説に書く以外にないんです」「古い時代のことはわからないとすると、古い時代が書けないから、まあまちがいない史料として専門の歴史学者が決めている、謂ってみれば一級資料とされているものを参考にさしてもらって、そして小説というものを書くわけであります。ただ、小説家の場合、史料にたいして多少専門学者とはちがったアプローチの仕方があるんじゃないかと思います」（『歴史というもの』井上靖　中央公論社所収「歴史小説と史実」）

と、小説家の歴史小説を書く「幅」「余裕度」のようなものを大事に、また意識していることを持論として展開している。大岡との論争を正面から繰り返すのではなく、井上らしく強かに、相手の論旨もうまく取り込みながら、史料というものの「相対化」を図ることで、自説の骨子は間違っていない、と先の主張を曲げてはいない。

(三) 井上靖と大岡昇平～論争の原点の一つ

井上靖（一九〇七年生）大岡昇平（一九〇九年生）、松本清張（一九〇九年生）と

ほぼ同年代生まれの彼らは、極めて異なる歩みで、作家生活に入る。
松本清張は、貧困の中に育ち、尋常小学校を出てから、給仕・印刷工・（新聞社の）広告デザインなど苦労を重ねた。終戦前年に召集され、ニューギニア行きが予定されたが、戦況の変化で中止され、衛生兵として国内で終戦を迎える。四〇歳を超えてから作家業に転身した。井上靖は、九州帝大（英文）を中退し、京都帝大（哲学）を卒業した後、新聞社に就職、中国出征するも病を得て一年で除隊。新聞社に復帰して、記者をしながら三〇歳前後から少しずつ小説も描き始めている。

これに対し、大岡昇平は、京都帝大（仏文）を卒業後、民間会社の翻訳業務を転々とした後、清張と同じ終戦前年に入隊、フィリピンでマラリアに罹患し、米軍捕虜で終戦を迎える。戦後三〇代後半から、作家活動を始める。この同年代の三人のその後の関係を見る上で、経済環境と戦争体験が、大きな影を落としていることは疑いない。大岡にしてみれば、松本清張は、戦争体験では、自分ほどの過酷な経験はなかったものの、貧困のどん底から、実力で這い上がってきたことを、それなりに評価していたと思われる。その後「超人気作家」となったことが妬ましかったのかもしれない。しかし、井上靖に対しては、少し違う。同じ京都帝大を卒業して、（翻訳業務でモタモタしている自分に対し）就職して仕事をしながら、ほどなく作家活動を始められた井上、(過酷な戦線で、捕虜にまでなって屈辱の日々を送った自分と) 戦争体験でもほとんど苦労のない井上、こうした彼我の差は、大岡には、作家生活の初めから、大きなハンディキャップとして、意識されたのではないか。そんな井上を、そのまま「性格的に」放置できる大岡ではなかった。

もう一つ大岡が、井上をどう見ていたのかを知る上で、私が注目しているのは、意外に思われるかもしれないが、二人の書いた「恋愛小説」である。これを三島由紀夫のそれと比較しながら読んでみると面白い。三島由紀夫は、恋愛を書く時、常に生身の人間が、愛と性が一体となって、ドロドロの情景の中で性描写を伴いながら描く。

あの谷崎潤一郎も、三島同様にとにかく「女」という存在への興味が尽きなかった。様々な設定で、性を感じさせる女性をとことん描こうとする。そればかりではない。私生活においても、妻を佐藤春夫に「譲渡」するといったことや、結婚離婚の繰り返しなど、実生活においても奔放であった。

三島の話に戻るが、ある社会秩序の中で、意識的・無意識的に束縛されながらも、その性的欲求に従って生きる人間を描いた。「よろめき」と言う言葉が、流行語となりすっかり定着したもととなった『美徳のよろめき』は、三島が三〇を過ぎてすぐの頃書かれた。この作品では、冒頭のページから、「(主人公の) 節子は、ゆくゆくはただ素直にきまじめに、官能の海に漂うように宿命づけられていた」から、展開していく。そこには、汚れなき人妻節子と三島自身の肉体を感じさせる男を登場させ、姦通の「背徳」の泥沼に、絡み合いながら沈み込んでいく姿が、何度も何度も微細に言葉を変えて描かれる。まるで、不倫の結末が、どのようなものになるのかなど読者には、関係がないと思わせるくらいの筆致である。しかし三島は、単に性描写に重心を置いて書いたのではない。三島信奉者が、三島に惹かれるのは、自分がしたくともできない、（旧態然とした）社会やその意識の変革に果敢に挑戦している人間、していこうとする人間を三島が描こうとした、これに何がしかの共感（ないし覚醒）を覚えたからに他ならない。それが、三島にとっての「美」でもあり、性描写もその一環に過ぎない。三島自身も、この（言行一致の）美の自己実現を「蹶起・自決」という衝撃的事件で表現し、自ら完結させた。三島は徹底的に「死と隣り合わせの究極のエロティシズム」の中にある美を追求し続けた作家である。ジークムント・フロイトのいう「エロスとタナトス」である。前著同様ここでまたしても、あのワーグナーの『トリスタンとイゾルデ』を思い浮かべてしまうが。

　大岡は、基本的には、三島のような直接的な性描写ではなく、「心理描写」により重点を置いた展開に仕上げようとしている。大岡は、スタンダールの『赤と黒』の心理描写を思い起こさせるような、その意味でフランス文学の影響を多分に受けているように思える。大岡が、四〇歳を少し過ぎた頃に書いた『武蔵野夫人』は、大岡という人を知る上で実に興味深い。

この小説は、武蔵野を舞台に繰り広げられる、主人公の道子を含む二組の夫婦と、道子の父方の従弟の勉との五人で繰り広げられる愛憎の小説である。元官吏の娘で貞淑かつ古風な「道子」と夫の秋山（おとなしい性格の仏語教師でスタンダールに私淑する）、道子の幼馴染で母方の従兄大野（実業家）とその妻富子（奔放で蠱惑的）、さらに大野夫婦の子に勉強を教える勉（ビルマから復員して放縦無頼の性格に変化、道子宅に同居）とが複雑に愛憎絡み合う人間模様を描く。ある日、富子が勉を誘惑するところから、道子が勉への想いが激しく募り、秋山も富子への傾斜を強める場面から、事態が動き始める。それぞれが、秘密の旅行中に偶然の台風襲来で、予定が狂い急展開する。大岡は、三島と異なり、こうした男女二人だけの場面でも、その描写は抑制的である。登場人物の心の動きを丁寧に丁寧に描いていく。

戦記もので大岡を知った私には、大岡の新たな一面の発見でもあった。そして、堕胎を繰り返す道子が、秋山の誤解を解くために「自殺」を選び、それを知った秋山が後悔する場面で終わる。心理描写という内面世界を描くリアリズムを、性描写を克明に描かずとも描けることを証明してみせた。それはそれで立派な「エロティシズム」

の表現であった。こうした結末は、三島が七年後に書いた『美徳のよろめき』とは相容れない旧態と、三島の革新の双方を相持つ中間的なところに位置付けられる。

次に、井上靖を見てみよう。大岡の『武蔵野夫人』よりもさらに前に書かれた井上の処女作『猟銃』である。一九四九年に発表されたこの作品は、おそらく井上は、もっと以前に書き上げ、温めていたものかもしれない。友人の薦めで「猟友」という愛好家の機関誌に「私」が寄せた詩を見た、「三杉穣介」（仮名）なる人物からの手紙と、同封されている穣介をめぐる三人の女性から穣介に宛てられた三通の手紙から、物語は読者に何が始まるのだろうかと予測できないような展開を匂わせる。「自分の姿を見ていて、詩を書いたのでは」「（詩の末尾の落莫たる）『白い河床』を自分がどう覗き見たのか」という穣介の感想の手紙から物語は始まる。後の三通は、夫（門田）と別れた彩子（穣介の不倫相手）の娘の薔子からと、穣介の妻のみどりから、そして最後は穣介と一三年間の不倫生活を送る彩子からのものである（彩子の夫門田もかつての過ちが元で彩子と別居していた）。薔子は、母彩子が穣介への想いを書いて隠していた日記を見て、母の不倫の事実を知り、自分は母からも穣介からも離れることを決意したことを綴っている。みどりからの手紙は、実は夫穣介と彩子の仲を初期段階（熱海で陰から目撃して）から知っており、病で臥していた彩子が熱海の時の服を取り出しているのを見て、「自分は知っていた」ことを彩子に告げる。穣介とは別れるゆえ、八瀬の家をくれ、と穣介に言う手紙である。彩子は、誰もが穣介との関係を知らないことを信じてきたが、みどりに知られた以上生きてはいられない、と告げる。しかし、同時に、別れた夫門田が、かつて間違いは犯したものの、その後は長い間独身を通して、このほど結婚することを知った。そのことで、自分は、門田を思っていたことを改めて知った、との手紙だった。これらの手紙によって、穣介は、本当の「孤独」を知り、自らの姿が、「私」の詩の中の「白い河床」を覗き見た自分だった、という穣介。穣介からの手紙はその告白であることを「私」は知った、という小説である。「秘められた関係」だったはずが、初期または一三年のちに、（誰が誰に）どう明らかにしたのかで、大きく転回していく様を井上らしく描いた。

処女作であっても、遅咲きの井上にして初めて書ける、設定も組み立て方も円熟味を感じる面白い短編である。その中には、不倫といっても、何の絡み合いもない。「エロティシズム」とは、むしろ真逆のところに美を見出し、むしろ「ロマンティシズム」（といった方がいい）をごく自然に、透明感ある筆使いで描こうとした。まるで「男女の体と体の絡み合いなど興味がないんだ」と言うかのように。大岡の『武蔵野夫人』も井上の『猟銃』でも、女主人公の不倫の末にも夫への思いを滲ませるのと同じような「死」であっても、読後に残る余韻が全く違うのも面白い。

おかしな喩えかもしれないが、三人の書く「エロティシズム」を「牛乳」に例えれば、三島は「特濃牛乳」、大岡は「無調整牛乳」、井上は「無脂肪乳」という感じである。そんな井上に、大岡はある種の「嫌悪感」を感じたのであろうか（井上からすれば「忌避感」か。通常ならば、より強烈な方へは「嫌悪感」を、より軽い方へは「忌避感」を持つものだが、ここでは逆転している）。

大岡昇平が、初期の作品から離れて、戦争体験に基づく小説や歴史人物小説に重心を移していったと同じように、井上靖も、日本の古代史や中世史、さらに中国の西域ものに重心を移していったという、似たような変遷を遂げた。しかし、原点のところでは、相容れない深い溝が、初めから存在していて、それが、全く異なる形で、「歴史小説とは何か」をめぐる批判合戦を繰り広げる「原点」になっているように私には思えて仕方がない。「けんか大岡」にしてみれば、「何を、お高くとまっているんだ」とでも言いたそうに、ぐっと目を見開き井上を睨みつける姿が、目に浮かんでくる。

前著『私の見た昭和の風景』の中で言及した、松本清張の中央公論社「日本の文学事件」で、三島由紀夫と共に「松本清張排除」に動いた大岡は、不思議にも「井上靖排除」には全く動かず、井上の全集入りに異議を挟んではいない。松本清張というこの時代の象徴的な売れっ子作家を追い落とすことが最重要課題であったことで、比較的地味な井上靖には注意が向かなかったのかはわからない。大岡は、目の前で、三島が大先輩で恩人の川端康成を言い負かすのを見て、井上靖排除を持ち出すのを躊躇ったとしか思えない。万が一にも三島と意見を異にした場合のことを想起すれば、第二の川端になってしまう。三島の勢いは、それほどまでに先輩たちを威圧するものだったし、そんな三島だったからこそ全共闘との公開討論をしてみせることもできた。三島はアジテーターとしての素質を併せ持っていたが、井上靖も大岡昇平も、川端同様に「紙上での論争はできても弁舌での論争には向いていないタイプ」の文人だったとも言える。同時に三島の作家としての実力を知っていたからこそ、先輩文人たちも敢えて異論を唱え難かったたし、それを三島が知っての言動だったとも言える。

大岡は、この井上靖『蒼き狼』批判で彼なりの『成功』を受けて、（前著で取り上げたように）松本清張批判をした時は、井上とは比較にならない清張の「ハイレベルの粘着性」に直面し、井上靖の時のようにはいかなかった。一方、三島と清張は、境遇・肌合いこそ違えど、似た側面を持っており、互いの「真の実力」を深いところで理解していたからこその「反目」と言えそうである。

四、妄想の中の「文系物理」

(一)「運動の法則」と「位置のエネルギー」

「慣性の法則」は、ニュートンの運動法則として、高校の物理で教わったのだが、文系の私には、当時は「よくぞこんなことを発見したものだ」と、単純に感心したものだった。その物理の先生の教え方が大変わかりやすく、密かに敬慕していたこともあって、大学受験(文系志望)の時の理科の選択(一科目)では、迷いなく「物理」を選んだが、文系では少数派だった。なぜなら、文系志望の多くは、「暗記科目」である「生物」を選択し、高校一年生の時に「生物」を習うことで暗記するにも時間的余裕もあり、二、三年生の時の「物理」「化学」の時間は、寝ているか、他のことをしていれば効率的でもあったからである。そんな生徒を、教師も見て見ぬふりをしていた。ともあれ、単純な私は、「物理」に抵抗感がなかった。

もう一つ正直に告白すれば、高校二年(一九六五年)の夏に、宮城の私の通う高校では、「関西修学旅行」（京都・大阪・奈良）があった。以来私はすっかり古都に魅せられてしまい、大学は絶対に関西に行こうと思っていた。親からは「何もそんな遠くまで行かなくとも」との声もあったし、それ以上にこの頃、勉強そっちのけで（朝まで小説に耽っていたほど）文学にのめり込んでいて、志望するこの大学は文系でも理科は二科目が必須であり、「暗記科目は、三年生の後半からやれば間に合う」としていた私には無理があった。あの敬慕する物理の教師の出身校でもあったあの大学を諦めざるを得なかったのには、こうした現実的な壁があったことが大きい。そんなこともあって、暗記しなくとも良い「物理」は、必然的に私の選択科目になったという経緯がある。

そんなことはともかく「慣性の法則」に戻ると、その定義は、「すべての物体は、外部から力を加えられない限り、静止している物体は静止状態を続け、運動している物体は等速直線運動を続ける」というもので、これは、『運動の第一法則』とも呼ばれるもので、この性質を「慣性」とか「惰性」と呼ばれる。

『運動の第二法則』と呼ばれるものが、

「物体に力が働く時、物体には力と同じ向きの加速度が生じ、その加速度の大きさは、力の大きさに比例し、物体の質量に反比例する」

そして、この法則は、運動方程式F = ma（F：速度、m：質量、a：加速度）で静止状態は、a=0で、F=0の状態であり、a（加速度）が一定ならF（速度）も一定つまり等速度運動を続ける、というものである。

そして『第三の法則』は、「作用・反作用の法則」とも呼ばれるものである。

「物体Aから物体Bに力を加えると、物体Aは物体Bから大きさが同じで逆向きの力（反作用）を同一作用線上で働き返す」

こうした運動の法則に加えて、「位置のエネルギー」を教わった。運動の第二法則をさらに応用して、地表から高さhのところにある物体のエネルギーは、重力加速度をgとすると、E = mghという式で求められる。

一体、文系の素人が何を血迷って、今さら高校の物理なんか持ち出すのだ、と言われるかもしれないが、私には、この物理の基本法則が、我々「人間の社会生活・活動」に大きく関わっているように思えてならないからである。確かにかの高校教師は

「摩擦・摩擦力とは」の喩えとして、混雑する（或いは混雑しない）道路を人が歩く時のことを例に説明してくれた。しかしそれは、人の行動を、単に物体の運動例でわかりやすく取り上げただけであって、「人の心・精神を伴う運動」としてではない。私が言いたいのは、それらを伴う運動のことなのである。

私は、郷愁とかノスタルジアと言われるものが、人間の回帰本能みたいなものだと単純に思っていたが、どうも法則性や規則性があるのではないか、と思うようになってきたのである。まあ、私の話を聞いてみてほしい。

生まれてからのち（あるいは若い時期に）長い期間に亘って、馴染んだ生活やその環境は、人々の体の中に染み込んで「蓄積」され、それから後も、同じ生活をしたい（慣性）と思うようになる。穏当な言い方をすれば「居心地がいい状態」という表現もできる。その若い時の状況が悲惨で耐え難いもので、そうでない人もいることはいるが、それでもそうした過去の生活・環境を慕う気持ち（慣性）は、多くの人の経験するところであろう。もし、そうした過去の生活・環境を離れてしまった人々は、戻れない・戻ることを阻む力が強ければ強いほど、「戻りたい」「戻れなくとも少しでも垣間見たい」と思ってしまう。そうした思いもまた「蓄積」されることになる。この慣性は蓄積され、時に増殖されて、エネルギーとでも言えそうである。

また、自分の馴染んだ生活・環境が、ある程度自慢できるものであるとするならば、「それは最高のものだ」「他のどれよりもいいものだ」と思うのも当然のことだ。問題は、それが、違う経験を持ち、違う思いをしてきた人々と接触した時、どれだけ他を受け入れられるか、受け入れてもらえるかは、社会生活をしていく上で、大きな問題となる。自己主張が強いほど、「唯我独尊」に陥りやすい。それが集団のレベルに発展すると、時に抜き差しならない国家間紛争のもとにもなりうる。

この蓄積された慣性のエネルギーこそが、あのE＝mghで示された法則ではないのか、と思うようになった。

「m」は、個体（一人ひとりの個人であったり、同じ経験を持つ集団）の感じ取る能力、いわばセンサーの感度である。だから、個体差が生じる。ものすごく感受性が高い人からそうでもない人まで、その閾値（沸点）の高さに大いに関係してくる。「g」は、生活習慣や環境の特徴的な事柄によって一定の方向に動かそうとする力である。そのユニークさや魅力度は、常に「他との比較」において、なされることが通常である。そして、このエネルギーの姿（何を目指しているのか）を明らかにする大きな特徴をも生み出す。

「h」は、あの懐かしい経験をした「期間」（逆に耐え忍んだ「期間」も同様に）であったり、周囲の人々との関係（例えば同じ思いを共有する人々が大勢いるとか）であったり、歴史的な教え（先祖からの言い伝えであったり、聖書のように文書化されたものが存在するとか）であったりする。これは、エネルギーの強さを予見させるものでもある。

この「m」「g」「h」の乗数こそが、エネルギー「E」の大きさとなって、自分にも、他人にも認識されることになる。そして、ある閾値に達すると、「量」から「質」へと変化する「量質転換の法則」を見ることになる。それが、「現状を変更する新たな行動」として認識され、それは時に周囲との大きな摩擦を生む要因となる。

具体的な事例を見てみよう。

歴史的に大きな事柄は、イスラエル建国であろう。ユダヤ民族の「民族の執念」が沸騰して、あのアラブ民族の真っ只中に、二千年の時を経て、イギリスの支援も得て、国を力ずくで建てた。私は、そうしたやり方での建国の是非を言おうとしているのではないし、言うつもりもない。ただ、この歴史的なことを自然科学の法則との関係で見てみたいだけなのである。この建国にまで持って行かせたエネルギーは、あの方程式で説明するしかないように思える。聖書などでこの民族に刷り込まれた過去の「祖国への回帰欲求」は、この民族にとって、ナチスドイツの迫害・大虐殺を乗り越えて実現した。決して、この（奇しくも私が生まれた年の）一九四八年の建国に参加した人々自身の過去の経験の復刻ではない。この民族の夢は、叶わなかった祖先や先輩たちの思いと同じ強さで、次の世代に伝わり、絶えることのない建国運動となって継続されていった。まさに「運動の三法則」そのものであった。勿論、そのことは、アラブ諸国の大きな反発を招き、中東戦争の火種として、存在し続ける今日的難題となっている。その欲求がこの民族にとって「閾値」を超えたところに、「建国」という民族の具体的な行動に繋がっていることに注目しなければならない。

今日の世界中で起きている「領土問題」は、勿論政治的に不当なものであるかどうかという問題を横に置いて、かつてそこで暮らし、強制的に退去させられた人々にとっては、その復帰欲求は、そう簡単に消えるものではない。ややこしいことに後からきた人々にとっても、そこが住み慣れて「居心地のいい場所」ともなれば、領土の帰属は、双方にとって、死活問題にまで発展してしまう。それに、政治的、経済的、軍事的利害が絡んでくる、複雑性は否が応でも増す。

そんな大きな話でなくとも、「慣性の法則」や「位置のエネルギー」に関係することは、我々の身近にも存在する。交通手段が発達して、国々の往来が容易になると、異なった「居心地の良い場所」を持つ者の接触が普通に生まれてくる。その極端な例が、国際結婚であり、国内であっても異郷のもの同士の結婚であろう。異なる言語・生活習慣（衣食住に関わるすべて）において、どういう形で同一生活を営むのかの、それはどちらにとっても許容できるものなのかの、極めて現実的な調整を必要とする。その調整がうまく機能しているうちはいいが、一たび調整ができなくなると、二つの生活様式なりが、同一生活空間で存在するということになったり、忍容の限界（閾値）を超えると、破綻に向かうことだってある。ことほどさように、「慣性の法則」は、異なる「慣性の法則」に接触すると、ややこしい場合もある。

故郷を思う心は、故郷のいろいろな文化や生活習慣を伴って、形成されてくる。全国各地の田舎から、集団就職で東京や大阪などの大都市にきた若者が、単に当初のホームシックにいてもたってもいられない感情を抱き、環境の異なる場所で、厳しい現実に直面した時に、「ああ、できることなら帰りたい」と涙するのは、至極当然でもある。Uターンや I ターン現象である。郷愁に代表される「故郷回帰願望」は、石川啄木や室生犀星の歌にもある通りで、叶わないのなら、故郷を感じさせる何物かに少しでも触れたい、そんな切なさが読み取れる。

「懐古趣味」と呼ばれるものも、同根である。何がしかの共通の生活を送ったものが、集まりを形成し、「親睦を深める」と称して、飲み会などの活動をしたがるのも、同様の精神的欲求からくる。出身学校の同級会・同窓会はその典型である。その仲間内で「親睦を深め」ているうちはどうということはないが、このグループに入れないもの、入る資格のないものにとっては、このグループが存在感を増して、目の前に現れてきて、他のものへの排他的色彩を帯びてくると、なんとも嫌な存在として認識される。会社や役所などの組織の中で、これが目立ってくるとややこしい。こうした組織には、「人事」という報酬や名誉に関わる利害関係（同時に上下関係にもなりうる）の中での問題だからである。仮にそれが、公平な人事だとしても、そうした「同族意識の結果」であるとの目で見られかねない。ともすれば、そこに争いのドラマが起こる余地が生じる。

同郷人が、県人会や日本人会なども、異郷で暮らす人々にとっては、ありがたい存在になることもしばしばであるが、それが昂じて、周囲との摩擦が生じるようになると、問題が表面化する。それというのも、そうした「組織化（拡大）欲」「参加欲」というのは、それ自体、「ある方向に行きたい」というエネルギーを持っているからである。

もう少し身近な生活の中では、食事のようなものでも「慣性の法則」が当て嵌まる。おふくろの味、故郷の味といったものである。洋食が一般化した今日の日本では、あまり洋食・和食の違いによる軋轢が表面化することはないかもしれないし、両立する余地は十分にあるとも言えるので、問題にならないかもしれない。両立が難しい状況になると、途端に「慣性の法則」の衝突が表面化する。また、同じ日本の中でもどういう日本食かの「地方色」が特異性を持てば持つほど、それが衝突を生むこともあるし、どこかで妥協を迫られることになる。何せ、手前味噌と言われるほど、食生活は馴染んだものが一番と思いがちだし、「居心地の良さ」を体現できるからである。所詮この手の優劣は、好みの問題でもあるので、客観的に決めることなどできはしない。

(二)　郷土料理が恋しい

私事で恐縮だが、私は東北宮城の生まれ育ちだが、家内は九州生まれの大阪育ち（両親は九州佐賀出身）と食の環境が大きく異なるため、こうした食文化の違いが、時折頭をもたげて、主導権争いのタネともなる。私の育った東北宮城は―とりわけ私の世代では、一九五〇～一九六〇年代に少年時代を過ごし、高度成長期を青年時代の初期に経験した——「醤油文化」（何でもかんでも醤油をかける……カレーにさえも。ソースなんて焼そば以外は使わないのが普通であった）であり、また育ったのが港町で「肉より魚」（今となっては贅沢な話だが、逆に肉は珍しかった上に、肉といえば豚肉であった）で三食魚のこともあったくらいで嫌でたまらないこともあった。今では違うかもしれないが、当時の東北は、「塩っぱい、塩辛い」ことが、つまり濃い味が普通にうまい条件でもあった。薄味に旨さがあるというのは考えられないことだった。

こうした私に対する家内は、まさに正反対の食文化で育った。「醤油よりソース」は普通のことで、「こなもん文化」の大阪では、ソースこそが食生活の中心で、天ぷらまでソースというのには驚きを超えて呆れもした。（流石に「天ざる」の時の天ぷらは天つゆだったが）そして、どちらかといえば、「魚よりも肉」で、肉といえば「牛肉」の文化である。肉じゃがは、関東では豚肉だが、関西は牛肉が普通である（「肉」と言った時に何を指しているかでもわかる）。それに、薄味である。関西のうどん・蕎麦は、汁まで味わい、「関東のあの汁の色はなんだ」ということにもなる。かてて加えて、家内とは、育った時代が一〇年の違いがあり、また田舎育ちと都会育ちの違いも加わる。ことほど左様に、違いが浮き彫りになるのだが、毎日の食事のこととなると「妥協」や、時間と共に「理解」も体で感じることもある。

結婚してからというもの、大半が関西で暮らすことになったこともあって、盆と正月は家族みんなで宮城に帰省して、宮城の料理を味わうのが習わしとなった。とりわけ正月の元日・二日両日は必ず餅で、その餅の食べ方が、他の地方に比べてとてもユニークなのである。それが、年を重ねるごとに体いっぱいに刷り込まれていくのである。そうした経験は、家内も「慣れ」と共に、また子供たちは「これが正月なのだ」という意識の中で、刷り込まれていった。そして、両親の他界や東日本大震災で、私が帰るべきところを失った今となっても、関西で暮らす我が家の正月は、この東北宮城の、中でもおそらくは県北の「正月料理」が、定番となっている。

特徴的なのは、①「あんこ餅」を食べた後に（口の中が甘くなった後で醤油味の）②「（引き菜の）雑煮」を食べるという「順序の妙」である。

①のあんこ餅は甘い「こし餡」をとろりとした状態にした中に、焼き餅あるいは、搗き立ての餅をちぎり入れたものである。お汁粉やぜんざいと言われるものと比べると、あんこの濃度が高く、アツアツに温めて餅に絡めて食べる。こんなものを一番初めに食べるのか、食事の後のデザートとしてあんこを食べるのではないのか、という疑問も当然起きる。しかし、そうではなく、正月元日の一番初めに口に入れるのが、このあんこ餅なのである。これは、あくまでメインの「雑煮」を食べるための、序曲

に過ぎない。昔は、一二月の二五日を過ぎると、母親は小豆を一日以上水に浸してから、煮てあんこを作り、それを濾して砂糖を加えて「こし餡」を中ぐらいの大きさの鍋一杯に作っていた。今では、完成品そのものが、手に入るので、殆ど手間はかからない。

さあ、問題は②の「雑煮」である。

それは、(a) 汁（スープ）を構成するものと、(b) 具を構成するもので、具も(b-1) 汁の中で煮るものと (b-2) トッピングとなるものに分けられる。

(a) 汁は、醤油ベースである。出汁は、煮干し、昆布と鰹節であるが、最後にあの地方特産の「焼きハゼ」をトッピングのように浸すように乗せて出汁をとる。この「焼きハゼ」は、今では、なかなか入手できないが、少年時代は、父親と一緒に「北上川河口での底釣り」という記憶に残る晩秋の作業で、釣ったハゼを焼いて家の中に何連にも干して、正月に備えていた（父親は子供と一緒に遊ぶなどという家庭的な人ではなかったので、親子ともに一緒に釣りと言ってもひたすら釣ることに集中していた）。この焼きハゼは、他の具材と煮てしまうと、骨がバラバラになってしまい、とても食べるのに危険が伴うので、最後にトッピングのようにして浸すだけなのだが、これが独特の味わいを出す。

（b-1）雑煮の具材の中心的役割は、「引き菜」である。おおむね「大根七：にんじん二：牛蒡一」の割合で、それらを細切りして、サーッと煮上げ、水分を含んだ状態でビニール袋に入れ「凍らせる」。昔は台所に置くだけで、凍ってしまったが、今では、冷蔵庫で冷凍させる。「凍らせる」（それは単なる保存方法ではなく明らかに調理方法の一つなのだ）ことが、こんなにも旨味を増加させ、独特のスープの味作りに寄与するとは、信じられないくらいである（ちょうど生茹でと戻した切り干し大根の中間のような感じ）。これはとにかく中心的なものなので、大量に作り置きする。この冷凍したものを（a）の汁（醬油・酒・味醂を入れる前の状態）に入れるが、その時に、戻した「干し椎茸」「凍み豆腐」「芋がら」を細切りして、一緒に煮る。そして、味を加減しながら、酒・味醂・醬油を入れる。全くのトッピングではないが、少しだけ火を通すのが、この時期・この地方の欠かせない特産の青物「セリ（芹）」（宮城のセリは、「せり鍋」も根の白いところや根に近い部分は絶品だし、五月頃にいただく漬物もとても旨い）である。この状態で、フツフツとなった時に、焼き餅または搗き立ての餅をちぎり入れる。

最後は、（b−2）のトッピングである。紅白の蒲鉾とカステラ蒲鉾（伊達巻蒲鉾）、煮鶏、本当の最後に塩漬けのいくらを、振りかけて、出来上がりである。煮鶏は、事前に鶏もも肉を一口大よりも小さめに切って甘辛く醤油で煮たもので、置いておけば「煮凝り状態」になっている。こうしてできた雑煮は、翌日、翌々日は、もっと味が沁みて、それはそれで旨味が増すので、食べ残ることはまずない。

長々と書いたが、これが私たちにとって、かけがえのない正月料理である。これを食べない正月など考えられない。しかし、困ったことに肝心の具材「セリ」と「焼きハゼ」が手に入らないのである。どうしてもあの味、あれに似たような味はないものか、それが、関西に暮らして作る時の悩みであった。「セリ」は我慢して「三ツ葉」で代用するしかないが、「セリ」のうまさを知ってしまった私には、やはり「三ツ葉」では「セリ」の代役は務まらない。そして「焼きハゼ」の代用はなお難しい。やっとのことで出会ったのが「焼きアナゴ」である。幸い瀬戸内海は産地である。これは、厳密には、同じ味ではないが、旨味という点では、「焼きハゼ」に劣らないし、もしかするとそれ以上の格別の味わいを醸し出す。子供たちは、この雑煮を食べたいがために、正月は我々のもとに戻ってくる。食の記憶は、明らかに引き寄せる力があるようである。

(三)　アルキメデスの原理

食欲が優って、「運動の法則」を忘れそうになってしまうが、もう一つ「アルキメデスの原理」を思い出した。「アルキメデスの原理（浮力）」は面白い。高校の物理でお世話になったのは、培風館『物理精義』（吉本市著）である。そこにはこうある。「ギリシャの数学者、哲学者アルキメデス（BC287～212）は、王ヘロンから金の王冠の制作の不正を発見することを依頼されて、偶然、浴槽の中でその方法を発見し、『わかった！　わかった！』と叫びながら裸で家の方へ駆けていったという話は有名な話『伝説』である。これは『アルキメデスの原理』と呼ばれる法則に関連して伝えられている」とした上で、「『物体の全部又は一部を、液体または気体に浸すとき、物体はその液体から、その物体が排除した液体の重さに等しい上向きの力（浮力）を受け、軽くなったように見える』かれはこの原理を用いて王冠の比重を測定し、その不正（金に不純物を混入したこと）を発見して王の依頼に答えたという」と物語風に書いている。

ここで、文系の私としては、容器に入った液体（A）と入っていく物体（B）の両方の身になって考えてみなければならない。前者（A）の液体は、大きな社会である。

入っていく物体（B）は、個人や小集団といった小さな闖入者である。（A）にしてみれば、異物のような（B）の闖入を受けて、あの浮力でもって、外部に押し戻そうとする力が働く。一方、（B）にしてみれば、必死に入ろうと試みて、入るには入ったが、途轍もない圧力（浮力）で排除されそうになる。そのせめぎ合いで、どこかで均衡を保つことになる。この圧力は、（B）にとっては、抜き差しならないストレスであることは間違いない。一方、（A）にしてみれば、その優位性があればあるほど、圧力（浮力）をかけていることなんか、当然の権利のようにも思えたり、時には、気が付きもしない。そして、その均衡が、一定の限界に達すると激しい衝突が生じる。また、（B）が、あまりにも軽い存在であるならば、（A）からまさに「浮き上がってしまう」という現象で、社会が、一見収まったように見える。「あいつは浮いている」という言葉は、（B）の性格的な側面を指すのならまだしも、浮いて溶け込めない状況を指しているとしたら、受けているストレスは計り知れない。

（B）の（A）社会への参加によって、（A）自身は、その分勢力（重量）を拡大したことをいいことに、その異分子たる（B）を過酷な仕事に従事させようとする、邪悪な考えもまた生まれやすい。その極端な例が、ロシアのウクライナ侵攻で見られるロシアの外国人傭兵や地方での徴兵や軍人募集であったりする。このような罪のない（B）を（A）という社会への懲罰的・強制的な取り込みは、（A）の文明の低さを物語る証左であるが、全く同質化ができないにせよ「ダイバーシティの尊重」は、文明社会では、当然のことである。こうした懲罰・強制は、自ら「文明人であること」を否定することになる。

これは、「小さい子供の中でのいじめ問題」「職場でのハラスメント問題」にはじまって、「マイノリティ問題」「民族間紛争」へと全く同様の構図で社会の至る所で、発生することになる。アルキメデスは、なんと二〇〇〇年以上も前に、自然科学の中に、この原理を発見していた。

人間も自然界を構成する一要素であるならば、自然科学の法則も形を社会の中に変えて、現れてくるのは不思議なことではない、というのが結論である。「水は高きから低きに流れる」という当たり前の自然現象も、「文明も高きから低きへ流れる」歴史的な現象に当てはまる。つまり、高いところにあるものは、「水」であれ、「文明・文化」であっても、位置のエネルギーを持っているから、当然のことでもある。しかし、違うのは、元の高みにあった「水」は移動することで、「減少しながら」低いところと同レベルになるまで流れ落ちる。しかし「文明・文化」の方は、減少するわけではなく、そのレベルを維持し続けるという点にある。つまり、歴史的な文明・文化の方は、伝播するだけなのだ。共通するのは、「平均化」「均一化」という点にある。しかしこのエネルギーの伝播は、相対的に受け入れた側により多くのエネルギーを蓄積させる結果を導き出し、やがて逆転現象を生み出す。流れ込まれた方にしてみれば、その後の社会の中に「ケミストリー」が起きるからである。つまりエネルギー格差のない状態になるという状況は、通過点に過ぎない。経済産業分野における企業活動で見られる「移転現象」は、単純な移行になることもある。低開発国や開発途上国と呼ばれる国々への企業活動の移転は、やがて技術や生産活動の移転国の「空洞化」に進み、雇用を始め、経済活動の地盤沈下へと進んでしまう。これは、あの「水」の「減少しながら」という自然現象に酷似する。

(四) ドップラー効果

あの吉本先生の培風館『物理精義』によれば、「走りつつある汽車から発する汽笛の音を聞くとき、その音の高さは、その汽車が観測者に対して近づきつつある場合と、遠ざかりつつある場合とでは異なる。また汽車が静止している場合の高さとも異なる。このように波動の波源と、観測者とが相互に運動しているため波動の振動数が異なって観測される事実をドップラー効果といい、音波、光波などについて観測される」としている。汽車とはいかにも時代を感じさせる喩えであるが、今日的には救急車やパトカーのサイレンを思い浮かべれば納得できる。迫ってくる時の緊迫した音と過ぎ去った瞬間からの気の抜けた音では、同じ音源とは思えないくらいの違いである。

我々の社会生活において、このドップラー効果を感じる瞬間は、少なくない。何かの出来事に関連した「心臓の鼓動」に同期した感覚に似ている。「旬を逃すな」とか「人の噂も七五日」とか「喉元過ぎれば熱さ忘るる」の類である。良きにつけ悪しきにつけ、心臓が張り裂けそうなピークまでの緊張感とそれを過ぎた途端の脱力感・喪失感が、ものの見事にコントラストをなす。山に喩えれば、富士山型のなだらかな上昇・下降曲線ではなく、急峻な上昇の後の、急激な断崖絶壁からの降下を想起させる。この「現象」は人間の性にも通ずる、本質的なことのような気もする。それが、人々の心のリセットの機会を人間自身が、作り出す源が、自然法則の中に存在したことを意味する。そうでなければ、未来志向的に人間は、生きられないのかもしれない。

あれだけ世間の耳目を集め、追及され続けた「もりかけ問題」や「桜を見る会」などのその後は、良し悪しは別として、ドップラー効果そのものであった。もう少し古くは、安保条約の改定前後の政治状況がある。これをどうしようもない人間の性と見るのか、たまたまそのように推移した特殊事情と見るのかは、人それぞれだが、私には、現象的に見れば、ドップラー効果そのものである。むしろそうならない方が、よほど特殊な事情があると見た方が良い。政治家はこの現象を可能な限り悪用する。収まり方が、思い通りでないと、「禊」と称して、「ご破算で願いましては」と、過去を人為的に拭い去る「選挙」に打って出る賭けをする。勿論半分は、勝算ありだからである。勝利すると、まるで何事もなかったように振る舞える。

芸能人の色恋に関わる「不祥事」も同様である。散々叩かれて、もう再起不能かと思われても、逆にそれが一種の「ハク」のように、苦労を耐え忍んで再起することへの同情や支援に変化することとさえある。

これらは、エネルギーの核心の存在とその位置的状況の変化と捉えられなくもない。スポーツにおける「ピンチの後のチャンス」とか、勝負事における「ツキ」の正体でもある。バイオリズムと呼ばれる波動もこれに関連している。これをうまく利用できるかどうかで、その後の状況に大きな変化をもたらすこともある。この社会生活におけるドップラー効果を見つけることは、本当に容易く、日常的ですらある。

しかし、自然科学と同じだからといって、それでいいのだと流れに任せて放置していると、その裏側に潜む「悪魔」が、悠然と鎌首をもたげてくることも、また事実である。そうした自然科学の原理や法則を一方で学びながら、社会の中で、人類が学んだ歴史・文明に教訓を見出し、楽しく、安定的に暮らせるのか、が問われている。難しそうに見えて、実は、簡単な「反対原理」でもある。無駄なストレスを減らし、地球という星に生きる人類全体の「減耗」をミニマイズすることが、『エントロピーの法則』から学んだ知恵である。

五、追悼　葉室麟

（一）葉室麟の小説

葉室麟さんの小説『乾山晩愁《けんざんばんしゅう》』を角川文庫版で読んだのは、たしか東日本大震災のあった二〇一一年の頃だったと思う。この文庫版には、表題作のほか、「永徳翔天《えいとくしょうてん》」「等伯慕影《とうはくぼえい》」「雪信花匂《ゆきのぶはなにおい》」「一蝶幻景《いっちょうげんけい》」という四編の短編が収められていた。見てわかるように、江戸期の画家にまつわるエピソードを小説に仕立て、画家の名前の下に二文字を入れた四文字を葉室さんは粋な表題とした。二〇〇五年に発表されたこれらの作品は、葉室麟さんの作家活動の始まりを告げる記念碑的な作品で、「乾山晩愁」は、第二九回歴史文学賞を受賞した作品である。私は、後にこの作品を読み直して、葉室麟さんのその後の作品を彩る「葉室さんらしさ」に満ち満ちていることに気がつくことになる。それほどまでに、この作品には、葉室さんが凝縮されている。

葉室さんは、一九五一年一月生まれなので、戦後のベビーブーマー世代の私と学年としては二年違いで、ほぼ同世代である。そんな距離感から、どうしても先輩の作家のことを書く時のように（過去の人という意味で）はいかず、後輩だが敬愛と親近感もあって「さん」づけしたくなる。五〇歳過ぎてから（二〇〇五年）文壇デビューした、遅咲きの作家である。九州小倉の生まれで、西日本新聞社記者やラジオ関係の仕事を経てからという経歴ゆえか、井上靖や松本清張など遅咲きの大家と同様に、豊富な人生経験と熟練した表現能力を、初期段階からいかんなく発揮する。しかし、井上や松本らと異なり、わずか六六歳の若さで、活動期間は一二～一三年ほどで、終わることになる。ちょうど私は、この訃報を知った時、彼の『山月庵茶会記』という作品を読んでいる時だったので、本当に我が耳を疑った。ああ、この人にあと一五年書いて欲しかった、そういう思いが込み上げた。そんなわけで、追悼の意味も込めて、彼のことを書きたいと思った。

前掲の角川文庫『乾山晩愁』であるが、この葉室さんのデビュー作の中には、葉室さんらしさが、いっぱい散りばめられている。

①しっかりした「時代小説」を書ける力が十分備わっていること。敢えて言えば、女性の描き方（とりわけ葉室さん好みとでも言えるのか）や登場人物の周辺の生活感の表現がとても上手いというか、作品に艶やかさを与え、奥行きを感じさせるもの

となっていることである

②推理手法も極めて確かで、読み進める楽しさを教えてくれる

③歴史的事実に対して忠実で、小説に仕上げる上で無理筋の推論を重ねない。これは「歴史小説」を書く上で極めて重要なファクターだと思われる

④日本の絵画（および絵師）に対する知識や審美眼がしっかりしていて（素人の私がいうのもおこがましいが）極めて安定感のある作風を作り上げている

⑤和歌や日本の文字文化に対する造詣が深く、巧みに作品に取り入れていること

こうした特徴を持って、作家活動を開始したことは、短いけれども中身の濃い作品群を築き上げたポテンシャルを証明していることに読者は気が付く。

葉室さんは、自分が「時代小説」や「歴史小説」を書きたいと思った動機について、随筆集『河のほとりで』（文春文庫）の中で、青山文平作品の解説で次のように言う。「ところで青山さんの時代小説には鬱屈がある。これは、藤沢周平さんの作品にも見られることで、言うならば人生の変遷を経て時代小説を書き始めた作家には共通するものなのかもしれない。あえて言うならば、中年から書き始めた時代小説家の作品は読むのではなく、その語りかけに耳を傾けるものではないか。藤沢さんの作品は鬱屈

が結び付けられた糸の先をたぐっていくと、清らかな日本の自然や風物が広がり、懐かしい『情』に巡り会う」(『伊賀の残光』解説(青山文平　新潮文庫))

「自らがしたことを後悔する誠実さ、やさしさは現代になって失われつつあるものだ。いまもなお藤沢文学がひとを癒やすのは、時代の波に押し流されない『悔いるやさしさ』があるからだ、とわたしは思う」(「藤沢周平文学　たじろがず　過去を振り返るひそやかな強さ」)

「最後の天下人として権力の頂点に上り詰めた家康の気持を推し量ることは難しい。勝利者として君臨するという経験をしたことがないのだから家康が満足であったのか、不満だったのかすらよくわからない。ほとんどの人が何らかの意味で敗者だからだ。……私の場合は小藩の軽格武士の気持は何となくわかる。私の母方の先祖は、佐賀藩の軽格武士で明治になって……佐賀の乱が起きると……中立の立場をとったため、やがて江藤新平が敗れて鎮圧されると双方から袋叩きにあったらしい。そんなことを知ると、いかにも自分の御先祖様らしい、生真面目過ぎて損をしたのだろうな、と思う。だが、それでいいではないか。……そんな気持からわたしが小説で描く主人公はこんな人物だ、とつかんだ。そして歴史の中にそんな人物はいないか、と考えて、ようやく歴史小説を書くようになった」(日々雑感『歴史小説を書くということ』)

また葉室さんの別の随筆集『柚子は九年で』の中で、こうも言う。

「（NHK大河ドラマ）『龍馬伝』では、竜馬が混迷の時代を切り開き、未来への扉を開けたということになるのだろう。だが（武市）半平太や（岡田）以蔵がいなくとも歴史は動いたのだろうか。そうではないと思う。……実際、福岡藩には歴史に埋もれた勤皇の志士として……月形洗蔵がいた……洗蔵が口火を切った薩長和解へ向けての流れは、土佐藩の中岡慎太郎に引き継がれ、さらに坂本竜馬もこれに加わることになる。……歴史の大きなうねりの中で、洗蔵ら筑前尊攘派が果たした功績には光が当たらないまま、時代は移った。竜馬は新しい時代の幕開けを告げる曙光として、洗蔵は夜陰を照らす月のように時代を駆け抜けたのではないだろうか」（随筆たそがれ官兵衛『龍馬伝』）

「『平家物語』には、栄華を極めた平氏一門が西海に消えていくという〈亡びの美学〉がある。読む側も亡びる者の美しさに感動してしまう。だからこそ国民的に愛される物語となった。滅亡や死には、その先はないという完成した〈美〉がある。〈三島事件〉も突き詰めれば、この完成した〈美〉を求めた結果なのではないか。一門から脱落者として生きた（平清盛の異母弟の）頼盛に美しさを感じるひとは少ない。

〈亡びの美学〉によって織り成された物語世界の中で、頼盛は孤立している。日本人の美意識からは、むしろ遠い人物とされるに違いない。しかし、都落ちの途中、京に引き返す頼盛に一種の美はあるのではないか。栄華の誇りを捨て、亡ぶ美しさにとらわれない生き方を選択したことに、毅然とした意志の力を感じるからだ。……頼盛の言葉には、顧みられることの少ない〈生きのびる美学〉がある」（随筆たそがれ官兵衛『三島事件』）

これらの随筆の中には、葉室さんの「美学」というか「人生観」が、余すところなく表現されている。実に味わい深いものの見方だと思う。そして、藤沢周平の名作『風の果て』で示された「藤沢作品に描かれる藩の家老や出世したひとびとは、『万骨』の中のひとりとして生き、悲しみを負っている。その鬱屈や慟哭を見逃さない鋭い眼差しは、取材の中で培われた〈記者の眼〉だ」（「ラスト一行の匂い」）と藤沢周平に対して敬意を込めて書いている。

この随筆に込められた葉室さんの思いは、藤沢周平の正統的後継者とも言える時代小説の作品群にいかんなく現れる。藤沢周平の作風（藤沢周平の架空の「海坂藩」に代わって、「秋月藩」「羽根藩」「黒島藩」の各シリーズは、藤沢周平の再来を思わせる）を引き継いだ。羽根藩シリーズの『蜩ノ記』では、前四回の候補作ノミネートを経て、第一四六回直木賞を受賞した。そうした架空の藩シリーズでなくとも、『銀漢の賦』『いのちなりけり』『花や散るらん』などの心に残る名作を残し、『銀漢の賦』は、松本清張賞を受賞した。

のみならず、藤沢の残した数少ない歴史小説以上に、この分野でも葉室さんは異彩を放つ。歴史の中に、見出した「そんな人物はいないか」との彼自身の問いに、自ら答えた作品群が浮かび上がってくる。『実朝の首』『風の軍師』『恋しぐれ』『星火瞬く』『無双の花』『山桜記』などなど。個人的には、『星火瞬く』を除いては、すべて秀作揃いと思う。

また、「絵師」を描いた小説では、与謝蕪村や円山応挙らの活躍した時代の蕪村を中心として人間模様を、俳句などを交え、イキイキと描いた歴史時代小説『恋しぐれ』、不義密通した女絵師の「博多八景」の創作をめぐる時代小説『千鳥舞う』でも、和歌なども交えて、生身の人間が描写される。葉室さんの小説には、時折推理小説もどきの「謎とき」が出てくるが、葉室さんのいいところは、こうした謎解きをもったいぶらずに、二次的なものとして扱うことで、主題に常に寄り添う姿勢である。それゆえに、そうした推理的要素が却って自然に小説の中で生かされてくるような気がする。

葉室さんの歴史小説を読んでいて感じるのは、やはり森鷗外の「『歴史離れ』と『歴史其の儘』」ということで、あの井上靖と大岡昇平の大論争を思い出してしまう。井上・大岡論争は、「歴史を離れて歴史小説を書くことの是非」論であった。程度問題とも言えるのだが、少しでも歴史的事実に反すると考えられる事柄の記述は、「歴史小説」とは認めない、とする大岡と「どんなに調べてもわからないことが歴史の間に出てくるのを作者が補って作品とするのが（歴史）小説の役割」だとする井上が、正面から感情的になってぶつかった。大岡の厳密な定義による「歴史小説」と井上のやや緩やかな定義での「歴史小説」が炙り出された論争だった。

科学において、「推論」は重要な役割を演じる。若い頃読んだポアンカレの『科学と仮説』や『科学と方法』かなんかで、論理的思考と共に、「直観」や「仮説」の重要性が、科学の健全な発展に不可欠であることを確かに説いていたが、闇雲に何でもかんでもそれらが、有用であるとは言っていなかったはずである。それと同じように、「推論」に「推論」を重ねていけば、極めて確率の低い結論にしか到達しないのは、明らかである。「五〇％確度の推論」が三つ重なるとそれを掛け合わせると途端に一二・五％の確率にガクンと落ちてしまう。

しかし、こんな簡単なことが、文章の形をとって、我々の前に現れると、まるでその結論が「存外ありうべき結論」にも見えてくるから、文章や小説は不思議な魔力を持っている。

（二）私の好きな作家たち

私の二〇～三〇代では、前にも書いたが、松本清張、司馬遼太郎、陳舜臣のほか、井上靖、新田次郎、山本周五郎、海音寺潮五郎、梅原猛など手当たり次第に読み漁っていたが、藤沢周平の「清貧な生き様」を愛情あふれるように描いた作品には、ああまた読みたい、と何度も思ったが、しばらくは出逢えずにいた。葉室さんの作品に出会った頃には、宮部みゆきや髙田郁なども併行して、通勤電車の中で読んでいた。宮部みゆきの推理小説はさながら松本清張バリの迫力だったし、社会小説も面白かった。また髙田郁の作品も、商人物・職人物という点で創意工夫があって引き込まれていた。

宮部みゆきについてだが、本書の第一章の伝説の画家「三橋節子」の作品で、『雷の落ちない村』の典拠となった民話に出てくる雷獣を自分なりに想像していた時、宮部みゆきの『荒神』を思い出していた。そもそも「荒神」は、病気や災難や不浄といった悪を除けてくれる厄除けの神様として、民間信仰でも祀られているもので、私の通勤途中には「清荒神《きよしこうじん》」があった。宮部みゆきの『荒神』に出てくる得体の知れない化け物は、凄まじい。村ごと破壊し、村の人々を喰らい、恐怖に陥れる怪物とは何か。隣接して反目し合う二つの藩の因縁じみた過去が絡み合って、死んでいった武士が、途方もない大きな怪物となって、百年の怨念を晴らそうとする。これを退治するという、いかにも宮部らしい、時代小説に空想的な怪物でサスペンスを持ち込んだ作品である（この人の小説には、いつもそんな大胆な発想・構想に驚かされる）。従ってこの怪物は、山のように大きなトカゲやイグアナ、あるいは大蛇のようなイメージを持たせる。宮部作品の幅の広さを感じる。

髙田郁の作品との出会いは、NHKテレビの『みをつくし料理帖』がきっかけである。黒木華が、素朴な味わいで好演していた。放送が終了し、しばらくして、私の通勤途中であった「阪急宝塚駅」の下にある本屋に、ズラリと髙田郁の「あきない世傳」というシリーズものの新刊本が並んだのだ。それもそのはず、髙田郁は、この宝塚市の出身作家であった。時代小説のジャンルで、女性が主人公の切なくも堂々たる人生を送った、それも不遇の身から、周囲の人に認められ、仕事で才能を開花させ、立派な人生を歩む、という物語が多いように思われる。その中で、古い時代に生きた女性の「懸命に生きる」姿を、実に細やかに女性の生活や心のうちを描き、それに共感する多くのファンを形成していた。新刊が出ると、この書店では、あっという間に売り切れるということがしばしば見られた。宝塚歌劇場にもほど近い最寄駅でもあるこの土地柄で、宝塚歌劇のグラビアや、それにまつわる多くの本が常備されている中で、一角に並べられた髙田郁の作品は、存在感を放っていた。そうしたこともあって、私も彼女の『銀二貫』『出世花』や『あきない世傳』など、通勤途上の読物として、短い時間の中で、髙田郁の世界に浸り込めることが、しばしばであった。

その中でも私の気に入っているのは、二冊からなる『出世花』である。『あきない世傳』も好きだが、とにかく長い。私自身、製造業の中にいて、ものづくりや販売を間近に見てきたこともあって、時代が違うとはいえ、『あきない世傳』はなるほどと納得感や感心する場面は多々あった。しかし、特に最後の一二巻あたりから、やや密度が薄くなり、作品の良さを減じてしまっているのはいかにも惜しい。その点『出世花』は、ちょうど手頃な長さで、内容の濃さも適度である。グッとくる場面が何度かあって、そんな時は読むのをしばし止めて、車窓から遠くを眺めたりして、心を落ち着かせてから読むこともあった。

髙田郁には、珍しく歴史上実在する人物について書いた『あい』という作品がある。

幕末から明治期に生きた「医師関寛斎の妻あい」を主人公に、夫婦の愛の一生を描いた。関寛斎については、司馬遼太郎が、松本良順や司馬凌海（幼名島倉伊之助）を中心に、幕末から明治にかけてオランダ医学に関わった当時の日本人の状況を、まさに見ているように書いた『胡蝶の夢』がある。髙田郁は、『あい』のあとがきでこう書く。「関寛斎は、徳冨蘆花氏や司馬遼太郎氏を始め多くの作家によって題材とされた実在の人物です。戊辰戦争で極めて人道的な活躍をした経緯もあり、また非常に几帳面で筆まめな性格であったため、彼にまつわる資料は数多く残されています。けれどもその妻、あいに関しては今日に残るものは殆どありません」として「『婆はわしより偉かった』等の寛斎の言葉が残るのみ。その言葉に着目して、あいの物語を構築しました」と、寛斎に関する数多くの資料を丁寧に読み解くことで、「あい像」を引き出して書いた。またしてもあの大岡昇平の「歴史小説」をめぐる井上靖との論争を思い浮かべる。髙田郁の目線から、あくまで主人公の女性（少女、娘、妻、母）を通して、きめ細かに心のひだをなぞるように書いていく。そのことによって逆に、主人公あいのそばにいる男（夫寛斎や子供）の姿を、直接的に描くよりも実在性をはっきり描くことができる手法である。そうした何の衒いもなく自然に描くことで、感動が増してくる、そんなことができる作家である。

(三)「これぞ葉室麟」を味わう

葉室麟、そう、そうだった。ついつい、脱線してしまって本題を忘れてしまいがちになる。そんな中で、葉室さんと出会い、藤沢周平の再来を感じ、清張の歴史ものの短編を感じ、これは当分この人にはまってしまうなあと予感しながらの読書だったが、二〇一七年突然の訃報に接した。

正直に白状すると、葉室さんの数多くの作品のうち、私が読んだのは、わずかに二十数冊にしか過ぎない。そんな状態で葉室さんを論ずるのは、そもそも間違いだとの誹りを免れないが、「中年から書き始めた時代小説家の作品は読むのではなく、その語りかけに耳を傾けるものではないか」との葉室さんの言葉を噛み締めながら、葉室作品を味わってみたい。

私が一番に「葉室さんらしさ」を感じる『千鳥舞う』を読みながら、葉室さんを偲びたい(葉室麟『千鳥舞う』徳間文庫　引用の下のページはこの本に基づく)。

この作品は、女絵師・春香《しゅんこう》こと里緒が、三年前に犯した妻子ある男との不義密通が公になり、師匠の衣笠春崖《しゅんがい》から、破門されており、絵を描くことを自粛していた。

そんな中で、豪商の亀屋藤兵衛から、「博多八景」の屏風絵の制作依頼を受ける。そんなことを背負っていることには一言も触れずに、「秋になったとはいえ、日差しはまだ強くて眩しかった。松林を抜け、砂浜が続く海辺まで歩いて汗ばんだ里緒のうなじに、潮風がやさしく吹き渡ってくる。九州、博多の玄界灘に面した筥崎浜に、里緒はひとりで佇んでいた。」で始まる。

そして毎年の八月一五日の筥崎宮の放生会《ほうじょうや》に際し、博多の町人が「幕出し」と呼ばれる宴の模様が、まるで映画を見ているように描かれる。そうした賑わいから、離れてきた里緒がいる。文学というのは、こうした「焦れったさ」が、作品を彩り豊かにする。「いったいこれから、何がどうなるのだろう」という不安に満ちた期待感がたまらないのである。効率性をとことん求める会社の中で、こんな説明をしようものなら、「お前は何が言いたいのだ。要点を早く簡潔に言え」といった叱責が、上司から飛んでくるのは、必定である。葉室さんは、こうした情景を描くのに、彩り・音の賑わい・(博多弁を使った)言葉遣い・人々の動きを表現するのが実にうまい。そして、亀屋とは別の豪商の加瀬茂作を登場させて、里緒に語りかけさせて、徐々に里緒の置かれた状況が、浮き上がってくるようにしていく、心憎い手法である。久しぶりに仕事をえた里緒が、「博多八景」の構想を練ろうとしていく過程が、記される。そして、その一景ごとの着想を一章に仕立て、ストーリーを展開していく。その一章ずつが、独立した短編としての価値も持ちながら、全体の大きな小説を形作っていく、そんな手法を用いている。まるで、オペラの一幕一幕が、それぞれ見せ場を作り、連なりながら大きな流れで、フィナーレを迎えるが如く、である。

この作品の構成は、一〇の章から成り立っているが、番号はふられていない。仮に番号をつけるとして、二章〜九章までの八章は、「博多八景」で描く八つの風景をタイトルにしている。序章ともいうべき初めの章は、この物語のテーマを象徴的に表す「比翼屏風」という名前にしている。葉室さんは、一〇の章全てに、漢字四文字を当てている。あの『乾山晩愁』の時と同じである。大変なこだわりで、このような名前をつけている。タイトルというのは、短い中に、全てを表す意味がある。その重要性を十二分に知っていた。松本清張のこだわりに通ずるものがある。

さて「比翼屏風」では、春香（里緒）が慕う不義密通の相手、絵師の杉岡外記が、博多の青蓮寺の依頼で、「鳥十種」を描く依頼を受け、春香は師匠春崖の推薦で外記を手伝うこととなる。外記は、春香の素質を認めて内弟子にし、共に協力して制作しているが、最後の一〇番目の鳥の絵に、外記は苦慮している。そんな折に、筥崎宮の放生会《ほうじょうや》での「幕出し」の最中に、突如竜巻が起こり、その怖さに春香が外記に抱きつく。竜巻がおさまった後の砂浜に、おびただしい数の千鳥が、群れ飛ぶ様を見た外記が、「これだ、これを描くぞ、里緒殿……」と着想する。外記が描く千鳥は力強く、春香のは清雅なもので、描かれた二羽の千鳥は、まるで雌雄一対の夫婦の如くで、春香の兄弟子春楼の言う「どれも比翼の鳥たい」（二六ページ）であった。

そうして描き進むうちに、二人の心が通じ合い、ある時「ふたりは身も心も激しく求めあった」（三三ページ）これが世間の知るところとなり、外記は江戸に戻され、千鳥の絵は、不浄として破却される。春香もまた、師匠春崖から破門され、描画を自粛せざるを得なくなる。江戸に去る外記から「これより、三年修行した後、迎えに来る。その時は、破却された千鳥の絵をふたたびふたりで描こう」（三六ページ）との手紙がくる。外記は江戸に去る。それから三年後、江戸から外記が迎えに来ぬまま、師匠春崖の陰なる助力で、春香は再び筆を執ることになる。それが、冒頭の場面である。

こうした経緯は、春香を取り巻く人々から間接的に語らせる。外記の言葉を信じ、慕い続けながら再び絵筆をとる春香の姿が、ごく自然に浮かび上がる。一流の作家なら当然かもしれないが、葉室さんは、女性の描き方も実にうまい。これは、この作品に留まらず、彼の全ての作品に通じるところで、男性が主人公の時でも、その奥行きとかリアリティを醸し出す上で、抜群の効果を発揮する。藤沢周平作品に出てくる、清貧の中にも主人と支えあっていく姿を思い浮かべるが、葉室さんの場合は、女性の立ち位置がより積極的な個性を発揮し、作品の中で重要な役割を演じているように思える。もちろん本作品では主役なので当然ではあるが。そんなことを感じながら、「比翼屏風」のタイトルをあらためて見ると、なるほどと感じ入る。

一つ一つの章の展開例を、初めの絵「濡衣夜雨《ぬれぎぬやう》」で見てみたい。ここでは、三つの話が、関係し合いながら、「濡衣夜雨」にどう結びついていくのかが、解き明かされる。まるで高級な短編推理小説を読んでいるような気分になる。しかもそれらの話が、辛い人情物、色恋物、職人技などに、微妙に絡み合って、面白い。「濡衣夜雨」は、博多の伝説に由来する。継母に陥れられた無実の娘を、逆上した父が殺してしまう。父の枕元に娘が寂しげに立ち、身の潔白を歌った歌を口ずさみ、目覚めた父は、娘が無実を訴えたことを知る、という博多の伝説である。

春香を手伝うお文の前章で明らかにされた悲しい身の上話（真面目だが博打好きの父親捨吉に愛想を尽かした女房のおりうが、別のやくざ男と通じているのに捨吉が立腹し、ヤクザ男を殺害し、その罪で入牢している）をサイドストーリーにしながら進行させる。

　春香の兄弟子の春楼が、自分の能力のなさに失望し、廓通いをし、そこで千歳に惚れ込むが、金がなくやっと千歳にあった時に、千歳から「自分には、幼馴染で言い交わした男与平がいる」と聞かされる。しかし、与平がぷっつり来なくなり、心配なので春楼に見てきてほしいと千歳から頼まれる。春楼が与平を訪ねると、与平は労咳で先が短く、泣く泣く結び文を頼まれる。その結び文を持って川の辺りで歩いていると、たまたま春香から声をかけられる。春香が千歳への結び文を事情を知らずに春楼から託され、お文と廓に出向き、千歳に渡した文がもとで、千歳の廓からの脱走騒動に巻き込まれる。やがて千歳が男と心中したことを知った春香は、自分も関わって兄弟子春楼を死なせたと思うが、心中の相手は、春楼ではなく千歳の幼馴染の与平であった。

　悲しみ自信を失っている春楼の復帰を願う師匠の春崖が春楼に、春香の描いた一枚の絵を見せる。それが、春香が春楼に頼まれ、廓に出向いた時に見た景色で「濡衣夜雨」と題した絵であった。これを見てそれが柳町から見た風景とわかり涙する春楼に春崖が言う。「絵はひとの心を描くものだ。春楼にこの絵の心がわかったのは、ひととしての想いを知ったがゆえだ。ひとの心がわかりさえすれば、絵は描ける。わしはそなたを破門にはせぬぞ。これからも絵師として励むのがそなたの道だ」（八九ページ）と諭し、春楼は振り絞るような声で礼を言う。

こうした筋書きの中で、葉室さんは、得意の和歌・短歌を織り交ぜて、この風景に感じた春香の、廓に身を沈めている千歳ら娘たちの思いを巧みに捉え、絵にしていった動機と作品の意味合いを、物語として展開させていく。葉室さんという作家の奥の深さを実感する。

こうした味わい深い一話一話が連なり、八番目の絵「博多帰帆」では、なんとも切ないフィナーレを迎える。「里緒が描く『博多八景』には、出会ったひとびとの哀しみが込められていた。……いつの日か外記は博多に戻ってくれるかもしれない、とひそかに心待ちにしていた。だが、その望みはかなわないのではないか、と近頃では思うようになっていた。」（三四八ページ）「『博多八景』の最後の一景となる─博多帰帆に里緒はわずかではあるが、期するところがあった。……とはいえ描き上げてしまえば、外記を待つ縁《よすが》は永遠に帰ってこないようで不安な心持になるのだった」（三四八〜三四九ページ）と春香（里緒）の心情を吐露させる。

そんな中、里緒の事情を知る兄弟子春楼が、師匠の遺品の整理に江戸に向かい、外記と会い、外記が博多に戻れない事情（破門された幕府お抱えの狩野家を義父善右衛門が誘ったことで家産を半分没収されて外記も巻込まれていること）、借りた金の返済（独立したかつての番頭左平次が資金を融通）、妻の妙が借金相手の左平次との縁談があること、外記が前田家お抱え絵師になる話をめぐる妻の妙とその親の善右衛門の邪魔だてなど、を知る。

そして、里緒が最後の一枚をかけずにいる、と聞いた外記は「これが私の心だと、春香殿に伝えてください」（三六七ページ）と一枚の絵を春楼に託す。春楼が戻って、里緒に見せた絵は、里緒が見惚れてしまうほど美しい「博多帰帆」の絵だった。依頼者の亀屋藤兵衛が、かつて「博多帰帆」は、博多の繁盛を祈る心願の絵だ、といったのを里緒は思い出し、「わたしにとって『博多帰帆』は、外記様を待つ、心願の絵になるに違いない」（三七〇ページ）と感じる。他のサブテーマを交えずに、一気に本題に入り込ませる書き方である。

しかし、里緒の絵は、雄渾な筆致で描かれた外記の絵とは、不思議なほど違う「清雅な佇まいを外面に際立たせた」もので完成へと向かう。大晦日の雪の夜、里緒は、絵を描くうちにまどろみ、恋慕った外記の夢を見る。微笑む外記に声をかけようとした時、外記は激しく咳き込む。「うろたえた里緒は悲しみが込み上げてきて外記を抱きしめた」（三七五ページ）自分の元に戻ってと頬を擦り寄せて囁く里緒に「帰るとも。必ずや、里緒殿のもとに戻って参るぞ」（三七六ページ）そんな会話の後に、ゴーンという鐘の音で目覚めた里緒、「どうして、これほどあふれるのかわからないままに、悲しみが込み上げて……涙を流した」（三七七ページ）そして、春楼が持ってきた外記の里緒宛の書状を読む。師匠からの破門が解け、年明けに加賀藩前田家お抱えとなる。ついては加賀に行く前に博多に寄って、内儀を伴って加賀に行きたい、と。ついに願いが叶う時が来たのだ。そして、博多に沖合から船が近づくのを春楼と見守る。しかし降りてきたのは、外記ではなく、外記の義父の善右衛門だった。「里緒は目の前が暗くなり、地面に頽れた」（三八五ページ）

里緒の大晦日に見た夢が、暗示を与えるように、葉室さんは読者を導く。「博多八景」の最後を飾る「博多帰帆」の完成を前になんという結末だろうか。葉室さんは、まだまだ読者を驚かせる。

終章では、「挙哀女図《こあいじょず》」である。

気絶から醒めた里緒は、善右衛門から経緯を聞き、自分の非（不義密通）を詫びる。善右衛門もまた、外記と娘妙との夫婦関係や外記と自分達との関係が、徐々に冷え込んでいった経緯とともに、善右衛門親子の外記への酷い仕打ちを詫びる。そして、外記から、「破門が解け、前田家のお抱えとなる。ついては、妙と離縁して、博多の絵師と加賀で暮らす」と離縁の申し出の言葉を盗み聞いた妙に、毒を盛られて外記は痩せ衰える。しかし、妙を罪人にしたくないと外記が、自分の体を寺に運ばせる、これは不実のお詫びだ、と。そして「わたしが逝ったら、妙殿を左平次殿のもとへ嫁がせてください。そしてわたしの髪を博多へ持っていって欲しいのです」「わたしは、また博多の浜辺で里緒殿と会いたいのです。ふたりで見た乱舞する千鳥のように、絵師として飛翔できる日を夢見ているのです」（四〇五ページ）と言って息を引き取る。

こういう展開は、まさに葉室さんらしく、サスペンスそのものである。

「外記様は約束を守ってくださったのですね」と里緒。「大晦日の夜、里緒が見た幻は、やはり外記だった、と思った。外記は魂魄となって、里緒のもとに戻ってきてくれたのだ」（四〇六ページ）生きる気力を失って、伏せる里緒に、師匠春崖と交流のあった高名な和尚仙厓が見舞いに来て言う。「体が死んでしまうのはどうにもならぬことじゃが、心を死なせてはならぬ」「それはひとを愛おしむ心じゃ。ひとはひとに愛おしまれてこそ生きる力が湧くものじゃ。……心が死ねばこの世の全てのものは無明長夜の闇に落ちる。死を望んでおるのなら、死ぬがよい。されどおのれの心を死なせてはならぬ」と説く。「抑えていた悲嘆にくれる心が解き放たれたのか、里緒の目から涙がとめどなく流れ落ちた」「おお、存分に泣いたか。挙哀じゃな」「禅家では葬儀のおり、仏事が終わってから後に参列の僧が、哀、哀、哀と三度声を挙げる。これを挙哀というのじゃ。……泣くことによって亡き者の霊を慰めたのであろうな」（四一〇ページ）と仙厓。

再び力を取り戻し、「博多帰帆」の完成に注力する里緒。依頼者の亀屋藤兵衛が福岡藩の改革失敗に絡んで、謹慎となったため、加瀬茂作が襖絵制作依頼を引き受け、「博多八景」の完成のお披露目が行われる。そして、手伝ってくれたお文の父捨吉がご赦免で戻れる朗報が入る。里緒は、お文に本当の「博多帰帆」を一緒に待とう、とお文に言う。そして立ち直っていく里緒は、次は「挙哀女図」を描こうと決意し、ここで小説は終わる。

ここの終わり方が、なんとも葉室さんらしい。「博多帰帆」の章で、もう少し加筆して終わらせてもよかったはずである。たとえば、「最後の一枚を外記のくれた絵を見てなんとか描き上げる、しかし外記は、博多には戻らなかった。病に倒れ死んだことを里緒は、後に知ることになる」といった終わり方もできたはずである。しかし、葉室さんは、そうはしなかった。もうひとひねりどころか、何ひねりもする。そして事実を伝え謝る善右衛門や、立ち上がれない里緒を諭す仙厓を持ってきて、再起へと導く。最終章で、一見意外とも言える結末を持ってくる葉室さんの技術は、他の作品にも見られる。『山月庵茶会記』もそうだった。葉室さんという人の溢れんばかりの「優しさ」が、伝わってくる。

この「千鳥舞う」もなんとも悲しい終章だが、新しい生きる希望もしっかりと提示する葉室さんの姿勢は、本当に救われる。そして、葉室さんは、この作品の題名を漢字四文字ではなく。「千鳥舞う」とかなを入れた。「千鳥群舞」とか「千鳥哀翔」とかでもよかったはずである。穿って考えれば、春香（里緒）という女性を主人公にした小説の題名には、やわらかいひらがなを交えた方がよいと考えたのであろうか。そうすることで、里緒の外記に対する限りない思い（外記もまた同じ思いであった）を伝えられると考えた結果なのかとも思う。葉室麟著『千鳥舞う』、蓋し名作である。

葉室作品は、生きること、愛することを深く考えさせてくれるものばかりである。藤沢周平の文学が、「清貧の美」をこよなく愛し、追求したものと言えるならば、葉室さんの文学は、この『千鳥舞う』にもあったように「清雅の美」を突き詰めたものと考えることができるのではないか、と私には思われる。そこが、藤沢周平と似て非なるところであろう。清雅には、深い教養が求められる。多くの歌や絵画や漢文学・

日本文学を愛する葉室さんの教養が、あちらこちらに垣間見られる。しかも嫌味にならず、葉室文学の奥行きを感じさせ、登場人物のイメージを膨らませられる要素となっている。

早世した葉室麟さん、せめてもう一五年書いて欲しかった。改めて葉室麟さんへの感謝と共に、ご冥福をお祈りしたい。

コラム2～「十万分の一の偶然」

ここにご紹介するのは、私が遭遇した女性にまつわる三つの「偶然」についてである。どれもがこんなことってあるんだ、という類である。

一つ目は、私が三〇歳を過ぎた頃のことである。関西でまだ独身で会社の寮生活をしていた。その頃仕事がハードで夜遅く帰ることが多かったが、たまに早く帰れる時は、馴染みの季節料理屋で一杯やった後で、寮に帰るのだが、その途中にあった子供向けの英会話教室にふらりと立ち寄ったりして、子供たちとけん玉などしてふざけたりしていた。そして、そこの同じ年頃のインストラクターの女性とも親しくなり、休日に一緒に食事や博物館など数回デートのごときこともしたり、女性のご自宅にお邪魔したりもした。結局は、それきりになってしまった。

そんなことがあってから、二年ぐらい後のことだろうか。栃木県出身の後輩で、ずっと関東勤務が多く、その後の海外生活から戻った彼と、大阪で酒を飲んでいて、締めのラーメンを食べていた時だった。彼が、「佐々木さん、まだ結婚しないの？

誰か付き合っている人いないの？」って聞いてきたので、「いや、この前まで、京都の大学を卒業してから、インドのベナレスに留学して帰国してから、英語塾をやっている女性と一時付き合っていたんだけどね」とかなんとか話していたら、彼が突然、「その女性って、A子さんじゃない？　僕のいとこと経歴があまりに似ているんだけどと言ったのには、私も顔色が変わってしまった。「いやY子っていう名前だから違うね」と咄嗟の嘘をついた。なんで栃木生まれの栃木育ちの彼が……と仰天しての咄嗟の嘘だったが、終いにはとうとう観念して本当のことを話した。こんな偶然が、とこれほど驚いたこともなかった。

二つ目は、会社でのことである。上場会社の監査役をやっている時のことである。社外監査役として新たに指名された商社出身の彼は、中国の代表をした経歴があり、中国通だった。ある時会議の前に、私ともう一人常務と三人でいた時に、私が二〇年以上も前に中国にとあるプロジェクトで出張した際に、その商社の上海の現地法人に勤める中国語の堪能な日本人女性（Nさん）に大変お世話になった話をしていた。商社出身の彼は、北京駐在で、しかも商社本体の駐在員事務所代表であり、その女性を知らなかった。ああそうか、と思っていたら、そのやりとりを聞いていた横の常務が、「佐々木さん、そのNさんなら私の熊本の高校時代の同級生で、よく知っていますよ」と全く予期せぬ方向から声がしたのだ。そんなことから、一年後に彼女とその常務とで、ゴルフや会食をしたが、その折に、彼女はその後私が昔在籍した会社に移籍して、なんと私の大変親しくしていた元部下と飲み友達になっていたことが、わかったのである。こんな偶然ってあるもんだ、今度は、この後輩と三人で食事をしたいものだと思った。

三つ目は、私が、あの「湖の伝説」で有名になった画家・三橋節子に関する文章（後述）を書いていた時のことである。このエッセイでは、二人の節子が登場していた。一人は、堀辰雄の『風立ちぬ』の節子である。二人目は、三島由紀夫の『美徳のよろめき』の節子であった。節子という名前が、やたら多いなあ、と思って三橋節子さんのことを書いていた。原節子も影響しているか、されているのだろうか、などと妄想したりもしていた。三橋節子さんは、昭和一四年三月三日「桃の節句」生まれで、「節子」と名付けられたと本には書いてあった。そうか、桃の節句か。この日は、私にとって、重要な意味を持つ日なのだ。母は、大正四年三月三日生まれ。「もよこ」という名だった（ちなみに母の祖父が桃治という名であった、母は端午の節句に亡くなった）。そして、やや運命的に、私の妻もまた「三月三日生まれ」である。名前こそ桃にはちなんではいないが。よくよく「桃の節句」に縁があるものだと感じた。少なくとも三人が偶然にも重なったこの日は、少なくとも、三六五日×三六五日＝一三三、二二五分の一の確率であることには違いない。

あの松本清張が、イギリスの作家の『百万に一つの偶然』に惹かれて書いた『十万分の一の偶然』というミステリーを思い出した。

六、スポーツ・テレビ観戦雑感

(一) スポーツ解説って

最近、テレビでスポーツ観戦をしていると、なんともエモーショナルで解説とは言えない解説が多いことに気が付く。それでも、見ている勝負の方に気がとられて、いつの間にか、解説なんかどうでもよくなって、忘れてしまう。しかし、時に「なるほど」と唸らせる解説に出会うこともあり、その時は改めて、スポーツの面白さを再発見する時もある。

七〇年代初めの頃に、私が入った会社では、理系の社長のためか、「科学的思考(scientific approach)」を入社時に、嫌というほど叩き込まれ、事あるごとに「それは科学的なのか」と説明を求められた。高度成長期にあって、どのように経営資源を生み出し、再配分するのかという、当時の日本企業共通の課題を的確かつ効率的に行うために模索した経営手法にも合致していた。製造業にあって、開発や生産の技術的なことは勿論、事務系の業務についても、（つまり理系のみならず、文系の我々にも）当然のように「科学的思考」を求められた。その説明には、論理的思考とともに、論理を補強する「データ活用」は必須のことであった。そして、文系の社長に変わっても伝統として、定着していた。加えて、当時経営者が師事したり私淑した思想家安岡正篤の考えも経営層の中で語られ、時に経営に生かされたりもした。私が特に感心したのは、どういう姿勢で物事を見たり、考えたりするのか、ということだった。安岡は中国の古典に拠りながら「基本的・根本的に考える」「長期的に考える」「多角的・多面的に考える」ことを説いて、深く、大局的に、しかも柔軟に考える重要性を説いた。この考え方は、私がのちに管理者となって、いろいろな決断をしたり、関係者に方向性を示す時には、本当に役に立った、というよりも自分自身に納得する根拠を与えてくれ、自信をもたらした。そんなことから、仕事を離れても、私自身「習性」というか「性」というか、自然にこんな眼で、様々な事象を観察し、考えてしまいたくなる。

「解説」者とは、読んで字のごとく、「解き明かして説明する」人のことである。視聴者とともに、喜びや悲しみを表現する「鑑賞者」ではない。このことを自覚している解説者は一体どれくらいいるのだろうか。そればかりではない。こともあろうに競技者の一方にのみ加担する「応援者」であることは、時に不快感すら覚える。国際試合で日本代表が個人であれチームであれ、戦っている場合は、それでもまだ許せる。しかし、それだけでは解説者ではない。「真の解説者」は公平で冷静な科学的思考を持っていなければ、本当の解説はできない。

スポーツといっても、

（1）―①個人競技（柔道や相撲・剣道などの格技、球技のシングルス、ゴルフ、体操、陸上競技、水泳など）と、

―②個人競技のチーム戦（団体戦と呼ばれる）団体競技では、随分と様相が異なる。

チームとして複数人が同時に戦う（いわゆる団体競技）と言っても、

（2）―①限りなく「個人対個人」（球技のダブルス、陸上や水泳のリレー競技、見方によっては野球のような「投手対打者」も部分的にはこれに分類）に近いものもあれば、

―②チーム全体が、同時的にプレーするような「チーム全体競技」（サッカーやバレー・ホッケーの如き競技）のようなものもある。勿論、チーム全体競技といえども、個人個人のスキルがあってのチームプレーであることには変わりはない。

私が、いつも感心するのは、（２）―②の解説に登場する「元プレーヤー」の解説である。例えばサッカー競技では、彼らは、チーム全体競技という、激しい動きの中で、一番大事なボール際での際どいプレーのみならず、常にチーム全体の動きを捉え、場合によっては相手の動きをも完全に把握して、分析を試み、意見を述べている点である。これらは、選手時代の弛まぬ訓練があってこそできる分析能力である。ましてや、テレビ解説では、プレーヤー以上に、鳥瞰的に見ることができ、どこにどういう問題やチャンス・ピンチがあったのかを瞬時に見分けることができる能力を身につけている。それにしても俊敏な動きの中で、これを見分けるにはやはり個人差が出てくる。大方の素人の観戦者は、まさに「ボールを追う」ことで精一杯というところだろう。そうした分析能力があるゆえに、うまくいった場合や失敗した場合の原因を素早く指摘できたり、有効な対策を提示できたりもする。これは、ある種の「動体視力」でもあり、それに基づく「動体分析能力」でもあって、これが「基本的・根本的に」「長期的に（場合により緊急的に）」「多面的・多角的に」「見る」ことと結びついている、あるいは結びつけようとしている「解説者」が存在することは、本当に頼もしいと思う。彼らは、間違いなく、「管理能力」にも優れた才能を発揮できるに違いない。

しかし「元プレーヤー」それもある程度頂点を極めた人が、必ずしも「優れた解説者」とは言えない例が、多く見られる。とりわけ、①の「個人競技」では、それが顕著に出てくる。「動体視力」と「動体分析能力」の欠如した解説者はもはや「解説者」たりえず、もっぱら自らの古い「経験」と錆びついた「直観・直感」に頼った発言に終始せざるを得なくなる。もっと具合の悪いことに、こうした古参の解説者の中には、「情報に対する感度」が極めて鈍く、「情報収集」の重要性を認識せず、その努力や活用にほとんど注意を払わないことである。それでも「過去の栄光」があるばかりに、周囲から持ち上げられ、傍らにいる優れた「解説者」とあたかも同列であるかの如き錯覚に気がつかない。

確かに、過去の経験が、経験したことのある人にしかわからないという場面はありうるし、そうした場合にこういう人の発言が役に立つ場合もあるにはある。しかし、そんな場面はほんの少しである。多くは、苦しみながら「いかにして勝つか」を死に物狂いで考え、トライし、うまくいかずに退かざるを得なかった人の数の方が、はるかに多いのである。そういう人の経験こそが大事なことの方がためになることだって多くある。つまり経験は、解説の巧拙を論ずる上で、あくまで五分五分なのだ。何も「過去の最高位」が重要なのではない。

しかし、「過去の最高位」を経験したプレーヤーでもなかなかうまい解説をする人もいることは事実である。例えば、相撲の稀勢の里や白鵬はなかなかうまい。

余談になるが、白鵬がなぜ全勝優勝の直後に引退したのか、普通は考えられないことだ。四五回という前人未踏の優勝回数を重ね、幕内通算勝ち星一〇九三勝（唯一の一〇〇〇勝超）、幕内通算勝率は、〇・八四六と双葉山の〇・八〇二をも上回る。また全勝優勝回数も、大鵬の八回の倍の一六回、連続優勝七回（朝青龍と同数）と抜群の横綱だった。ただ一つ連勝記録が、双葉山の六九連勝に及ばず六三回に止まった。こんな白鵬が、引退直前の体は、「勤続疲労」ともいうべき長年の体の酷使に悲鳴をあげていて、体調維持が困難になってきたことが主因であることは疑いのないことである。しかし、少しでも勝って、優勝記録を伸ばしたい、は普通の力士なら当然考えることであるが、白鵬は事前の予告通り、次の場所は引退するとしていた。彼にとって、優勝回数は、今となってはそれほど魅力あるモチベーションにはならなかった。むしろ、ただ一つの心残りの「連勝記録更新」への望みがほとんどない状況では、他の追随を許さない記録を引き提げて、「引退」の準備はすでに整っていたと言ってもよい。そして、照ノ富士が驚異の復活を遂げ、横綱にまで駆け登ってきたことが、白鵬の引退を後押しした。

同じ無敗のまま（二〇三連勝のまま）引退した柔道の山下泰裕の場合は、引退前には「怪我」で悩まされ、またヒタヒタと迫り肩を並べた斉藤仁に「辛勝」（私は山下が負けていたように見えた）したのを契機に引退を決意した。この時山下は二八歳という若さで、不敗のまま引退する「美学」に拘った。しっかり怪我を克服して、本当に斉藤を負かして、自分がこの時代の紛れもない「王者」であることを示すということを選ばなかった。その意味では、全盛期のモスクワ五輪ボイコットの雪辱を四年後のロスアンジェルス五輪で（怪我にもかかわらず）、果たしたことで、燃焼し尽くしたとも言える。よく言えば、自分の後継者は「斉藤だ」ということを、勇退とも取れるやり方で選択した。「負ける恐怖」をもっとも感じた瞬間でもあったのだと思える。

しかし、仮に怪我も癒えて、全力で斉藤と戦い、敗れたとしても、前人未到の記録を残した山下の価値は決して低くなるとは思えない。むしろ、斉藤にとって再びチャンスを与えられずに山下が引退したことが、斉藤にどれだけの精神的ダメージを与えたかを思うとなぜか「やるせなさ」が込み上げてくる。山下が『不敗の王者』という称号が付けられるなら、斉藤は『山下に一度も勝てなかった男』のレッテルが待っているからである。しかし、ソウル五輪で、負け続ける不振の柔道日本勢の中で、最後に登場した斉藤が涙の金メダルを取った時には、あんなレッテルなどなんの意味も持たないことを斉藤自身が証明した瞬間だった。斉藤は、引退して後進の指導に尽くしたが、道半ばで病に倒れ、若くしてこの世を去った。指導者として、もっともっと活躍してほしいと願ったのは、私だけではあるまい。しかしこの不屈の男の願いは、やがて篠原信一や井上康生などに確実に引き継がれていく。

連勝記録をかけて必死に戦い最後には敗れて引退した女子レスリングのレジェンド「吉田沙保里」や「伊調馨」、柔道の「野村忠宏」のように、全力で戦い、そして敗れてもいささかも輝きは褪せることはないと思う。勝負の世界で、「強者が弱者を打ち負かし、いずれはどんなに勝者も、加齢もあったりして、より強い相手に負かされる」のは、当たり前の結末で、誰もそれには逆らえない、真実なのだから。それを考えると、連勝記録こそ讃えられるべきとしても、「不敗・無敗のまま引退」というのは、私にとって決して崇めるべき「勲章」ではないように思う。どうしても「戦えない客観的事情」があるのなら、仕方がないことではあるが。

話を「解説」のことに戻そう。次は、「公平」ということだ。勝負としての見た時のスポーツは、「強い者が勝つ」「巧い者が勝つ」、そういう世界である。このことを離れては、ルールに則って行われる純粋なスポーツは、ありえない。

①プレーする者（選手）

②勝敗を裁く者（審判者）
③勝敗を第三者に解説し伝える者（実況・解説者）
④勝敗を鑑賞する者

の四者がいる。ここで、どちらか一方の立場を支援することが唯一許されるのは、④の鑑賞者だけである。それは、すこぶる個人的な嗜好に属することだからである。仮に、一ファンがテレビ・ラジオの放送席に呼ばれたとしても、それは③の立場ではなく、あくまで「ゲスト」の立場であるからだ。

①の立場で公平性を失った場合、それはもはやスポーツではない。八百長試合とか、無気力試合とか呼ばれるもので、時にその見返りに金銭が行き交ったり、無形の貸し借りが、背後にあったりする。こんなものを金を払って見にいく鑑賞者の立場をどう考えるのか、それは、鑑賞者というよりも、スポーツそのものに対する「侮辱」以外のなにものでもない。どれほどの経緯や背景があろうとスポーツとは無縁である。それほど勝負としてのスポーツは無情でかつ冷厳なものなのである。スポーツのみならず、真剣勝負の世界では共通である。

②の所謂「審判者」の立場で、公平性を欠いた時は、悲劇的ですらある。「ホームタウンデシジョン」と呼ばれたり、身内に甘く、外国人など所謂「よそもの」への冷

たい仕打ちは、見るに耐えないものから、微妙な判定に至るまで、起こりうるし、そう見られても仕方のない「疑惑の判定」は数限りなくある。或いは、その勝敗が、身内にとって「有利・不利」な状況を生み出すことに影響するような場合の判定も同様である。また「判官贔屓」もこれにあたる。こんな場面に遭遇すると、本当に嫌悪感さえ覚えてしまう。

③の「実況・解説者」が、公平性を欠いた場合もまた、不愉快な思いをさせられる。例外的に、国際試合のようにはっきりと「日本を応援する立場で解説する場合」は、少し事情が異なるが、それでも節度はある。スポーツというのは、互いをリスペクトできるからこそ、清々しく、どんなに悔しく惨めな負け方をしたとしても、終われば「ノーサイド」なのである。解説者が、鑑賞者と同じ立場に堕するならば、解説しない方がマシでさえある。敵視される所謂「よそもの」と呼ばれる人たちも、そのスポーツに真剣に向き合い、努力し、正々堂々と戦いをする限りにおいて、尊敬される資格が十分にある。同時にこのリスペクトは、鑑賞者にも要求されることである。

私は、この「公平性」については、敢えて例示をしなかった。読者ご自身で、思い起こしていただきたいからだ。少なくとも、「解説者」にとって、この「公平性」を持って業務にあたるかは、必要最低限のことであることを自覚することを願ってやまない。
「公平性」に関しては、「代表選考の公平性」という点でも、なんとも後味の悪い具体例があるが、ここではやめておく。

また、体重に大きく左右される「格技」においては、柔道やレスリング、ボクシングなど、体重別（柔道は＋無差別級）に争われる設定が、定着しているが、国技である「相撲」には、それがない。従って、軽いクラスの選手の「無差別級」での活躍は、ほとんど期待できない。軽量と言っても、「一〇〇kg」内外の重量がなければ、太刀打ちできないからだ。私は、相撲の世界にも。今の「無差別級」に加えて、「一〇〇kg以下級」を設けてもいいし、更に「七五kg以下級」があってもいいのではと思っている。国技として、広く受け入れられるには、「軽量級の相撲巧者の参加」を促す制度があってもいい。

大相撲でもう一つあったらいいのに、と思うのは、柔道や剣道のように、対戦する選手を簡単に色で識別できるものがあったら、行司も判定しやすいし、観客もわかりやすい。まわしの色となると大掛かりになるので、「さがり」の色わけとかまわしの最後の締めるところにでも、識別できる「布」を挟み込むぐらいでも良い。特に、行司の土俵上での、力士にぶつからないように、見やすい位置を確保しながら行う勝敗の即座の判断・軍配のあげ方は、想像できないぐらい難しいように思える。今や柔道の「白・青」の柔道着に、異論を唱える人はいないだろう。

解説者の中には、とてもユニークな人もいる。陸上競技とりわけマラソンなど長距離の解説で活躍する増田明美さんだ。増田さんほど「情報収集」とその活用に熱心に取り組んでいる人も珍しい。テレビ番組のレポーター顔負けである。彼女は、四二・一九五㎞、女子ならおよそ三時間近くの放送時間で、使いきれないほどの情報（選手個人のレースへの取り組み方は勿論、趣向などのやや個人情報とも取れるようなことまで）は、選手本人からのヒアリングを含め丹念な取材活動によるもので、本当に驚かされる。彼女の「小ネタ」情報の山は、彼女自身の幅広いネットワークからもふんだんにもたらされる。そしてそれが時に、今走っている選手自身の「心のうち」を巧みに表すことも多いのではないかと想像させる。

相撲の能町みね子さんも相撲という格闘技のごつい男社会に飛び込んで、情報を集め、自分なりの見解を堂々と話せる解説も素晴らしい。力士側にしても、男性にはとても話せない「本音」をついつい能町さんには漏らしてしまうような魔術にかかったのではないかと思える。その肌理細かな着眼点は、いつも期待してしまう。

解説の王道は、「科学的思考」であろう。かつて、データ野球と言われ、下位に甘んじていたチームをリーグ優勝や日本一に導いた「野村克也」は、現役時代には捕手という「全体を見渡せ、大局的な分析力」を要求され、それに応えて、裏付けを持って、秀でた選手指導や実践の局面局面での「最適判断」で、勝利を齎した。その野村の解説ぶりもまた、その手法に基づいて、説得性は群を抜いていた。しかし、そういう面で、際立った才能を見せつけた野村は、根拠とするデータは、野球の実践でも、解説の実践の最中でも、常に「頭の中」の記憶場所に格納されていて、必要な判断やコメントの時に、瞬時に彼の脳の中で取り出され、発言に結びついていた。

彼のリーダーシップは、こうした「合理性ある野球」の考え方への選手・スタッフの共感がベースにあって、それに彼自身の「人間的魅力」が加わって、名采配へと向かわせた。そんな才能は、誰にでもあるものではない。私が言いたいのは、「せめて」有用と思われる「情報」を数値化し、それを積極的に「解説」の場で、活用する努力が必要なのではないか、ということである。

場合によっては、有用な情報を選択して集める人とそれを解説の場で活用する解説者が、分業体制をとる必要があるかもしれない。望むらくは、情報を個人または特定の解説者が、独占するのではなく、例えば「クラウド化」することで、共有が可能になればそれに越したことはない。

特に私が求めるのは、個人競技中でも「格技」のデータ化である。例えば、勿論過去のデータが全てではないが、「どういう相手に対して」「どういう形になった（持ち込んだ）時に」「どういう方策で対応したのか」「それがどういう結末なり結果をもたらしたのか」といった統計的データは、絶対に意味のある情報であろう。そのケース毎の分析を通じて、解説者は、事前に個人別にどういう戦い方を選択しようとするのがより勝利に導きやすいか、といった視点を提供できる。そして、その事前情報と、実際に起こった事象を比較検討しながら分析することは、極めて説得性が高いことに繋がる。こうした分析を、「格技」というスポーツで私は、未だ耳にしたことがない。相撲、空手、レスリング、柔道、剣道、ボクシング、フェンシング……それだけではない「球技のシングルス・ダブルス」などでも有効だと思う。チーム全体が同時進行的に試合をする団体競技では、もっと複雑なケーススタディをすることで、戦術・戦略を考えることができるし、それに似たような研究はなされている。

これが進化すると、「将棋」や「囲碁」の世界で、今日常識化した「AI予想・分析」のような鑑賞方法が出てくるし、これを併用した「AI分析」の説明が「解説そのもの」という現象を生み出すことにもなる。AIの考え方を説明できない解説者は、解説者の資格がないとも言える状況になる。将棋や囲碁の鑑賞で「ＡＩ分析」を邪魔なものだと考える人はまずいないだろう。明らかに、これらの分野では、「試合の鑑賞に革命が起きた」と言える。スポーツでは、どうだろうか。私は、同じだと思う。そのことによって、実際のスポーツ自体に変化が生まれ、新しい時代の「スポーツの進化」を促すツールになるように思う。スポーツ科学を研究する人たちの研究方法やその成果活用の方法にも「新しい変化の波」が確実に押し寄せている。スポーツ科学分野では、「人そのものの有効なトレーニング方法の発見とその実践指導」「競技実践における科学的分析の導入とタイムリーな情報提供」が、選手やコーチ・監督の間で、重要性が認識され、どう効果的にそれらを組み合わせて、戦っていくのかが、シーズン中と否とに拘らず、研究されてきている。その進歩は、ここ数年著しいものがあるように思える。この当事者の研究に、なんとしても解説者も負けてはならないのだ。つまり、何を目論んで、その結果がどうだったのかの、予測と結果の分析ができないからである。

やるのは選手たちで、「解説者は当事者ではない」という傍観者的なあるいは「ゲスト」的な態度では、そもそも解説能力をはじめから放棄しているのと同じだと思う。私は、「ゲスト」を否定しているわけではない。「ゲスト」としての役割なり、期待されているものがあるからだ。しかし、「解説者」として出演する限り、徹底して、「解説者」であってほしいと思うだけなのである。つまり、解説者には「解説者のプロフェッショナリズム」が求められていることを忘れてはならない。少しでも、これを目指して、解説の質を向上させようとしている解説者には、敬意を払いたいと思うのである。

「解説者」とともに、「実況中継者」つまりスポーツアナウンサーの状況についてである。ラジオしかなかった時代には、「見ていない人に、いかにわかりやすく、リアリティを持って勝負の状況を伝えられるかに鎬《しのぎ》を削ったか」ということである。勿論、勝敗に関することだけではなく、試合場や観客を含めた周辺環境や、選手に関するあらゆる情報なども、スポーツを楽しむ上では、欠かせない情報である。先述の増田明美さんの例でもわかる通りである。テレビ全盛時代に入り、カラーテレビ時代、スロービデオ活用時代などから、視聴者が得られる視覚的情報は、格段に増加した。実況中継者や解説者が説明しなくとも、視聴者自身が、確かめられる方法・手段が、量・質双方で増えたのである。しかし、その一方で、「テレビにおける実況中継の質的劣化」は、比例して進むことになる。しかし、まだラジオの存在価値があることで、実況中継者のレベルダウンはそれほど起きてはいない。しかし、「解説者」には、ともすれば「実況アナ」が解説して補ってくれたりして、主客転倒現象が起きたりで、このレベルダウン現象が、視聴者にも明白になってしまうのが、どの分野でも起きている。「解説者よ、目覚めよ」である。

（二）見て聴いて楽しむ時代

「見て楽しむ」と「聴いて楽しむ」は、別々にも楽しめるが、「見て聴いて楽しむ」となると、その魅力は、足し算ではなく掛け算になる。日本でも、古来「芝居」というジャンルでは、庶民もまたこの恩恵に浴した。普通の芝居は勿論、「歌舞伎」も独自の発展を遂げたし、「文楽」「浄瑠璃」のように、人形を用いた芝居も受け継がれて愛好されてきた。

「聴いて楽しむ『音楽』」の分野でも、同じことが言える。音楽は、文字通り「音」を楽しむものだから、映像が必須というわけでもない。特に、演奏の仕方が、特異なものでない限り、映像がなくとも楽しめる。しかし、歌劇や楽劇、ミュージカルといった「芝居」の要素が入った音楽は、映像が伴った鑑賞とそうでないのとでは、「雲泥の差」である。

クラシック音楽でも、私は痛烈に感じる。宗教音楽の最高峰を極めたバッハの音楽でさえも、「マタイ受難曲」のようなミサ曲では、「歌われる場面を演じる映像があったらもっといいのに」と私は思う。モーツァルトの時代からは、「見て聴いて楽しむ『歌劇』」も隆盛を誇ることになる。ロッシーニ、ドニゼッティ、ベルディ、プッチーニ、ワーグナー、リヒャルト・シュトラウスなどなど。

シナリオや脚本にもよるが、とにかく見て楽しいのである。西欧では、器楽曲以上に「歌劇」を楽しむ観客が、こうした良い作品を求め、原作者・脚本家や作曲家、演奏家もそれに応えるべく、名作を次々うみだした。日本のように器楽曲に偏向したクラシックファンの多さとは異なり、西欧諸国には、むしろ「歌劇」「楽劇」「ミュージカル」への絶大な支持がある。

見て、聴いて楽しむ「歌劇」で思い出したが、あのジョルジュ・ビゼーの名曲『カルメン』で感激したことがある。フランスの作曲家ビゼー、一八三八年生まれの彼は、最後の作品『カルメン』を残して、三六歳の若さで死んだ。彼が、もう二〇年長生きして、精力的な活動ができたなら、おそらくフランス歌劇は、イタリア歌劇に比肩する芸術性の高い山を築いたに違いないと思う。管弦楽の作曲でも秀でていたビゼーは、『カルメン』一つでも、素晴らしい能力を示し、スペイン風味たっぷりの作曲技法で、後世の人々にも大きな感動をもたらした。

この『カルメン』については、ＣＤは、

①カラヤン指揮、ウイーンフィルで、「カルメン」をプライスが、「ドン・ホセ」をコレッリが歌った（一九六三年）のが、一番かなと思っていた。カラヤンのあの勿体ぶった指揮ぶりは好みではなかったが。

②サイモン・ラトル指揮、ベルリン・フィルで、「カルメン」をラトルの妻マグダレーナ・コジェーナの歌いぶり（二〇一二年）には感心した。コジェーナのバッハの「erbarme dich mein gott」を聞けば、彼女の理解の深さが沁み渡ってくる。「ドン・ホセ」役はカウフマンだった。

そして、ＤＶＤでは、

③カラヤン指揮、ウイーンフィルで、バンブリーのこれぞ「カルメン」という歌いぶり（一九六七年）には、誰も敵わないのでは、と長年信じ込んでいた。

④しかし、カルロス・クライバー指揮、ウイーン国立歌劇場管弦楽団の間奏曲の演奏（一九七八年）はピカイチだった。この指揮者は紛れもない天才だと感じた。「カルメン」役はもう一つだったが、「ドン・ホセ」役はドミンゴが迫真の歌いぶりで魅了した。

⑤レバイン指揮、ＭＥＴ歌劇場管弦楽団で「カルメン」役をバルツァが、「ドン・ホセ」をカレーラスが演じ（一九八七年）、トータル的にバランスが取れていたよう

に思え、好感を持った。

こんな大雑把な私の『カルメン』三昧に、決定的な影響を及ぼしたのが、NHKの「華麗なるメトロポリタン・オペラ」で放映された（上演は二〇一〇年）、⑥セガル指揮、MET歌劇場管弦楽団、「カルメン」役エリーナ・ガランチャ、「ドン・ホセ」役アラーニャ、「ミカエラ」役バーバラ・フットリの演奏だった。今では、歌がうまくとも「踊れない」「小悪魔的な雰囲気を出せない」といった難点を、全て吹き払ったのが「ガランチャ」だった。歌も素晴らしいし、踊りも抜群だし、何より小悪魔的なジプシー娘「カルメン」を見事に演じ切った。冒頭の「ハバネラ」は勿論、驚いたのは「ジプシーの歌」であれだけの激しい踊りを披露しながら息も乱さずに歌い、担ぎ上げられて仰向け状態でも歌い、最後の殺される場面での迫力ある演技は、ただ者ではないと思わせるに十分だった。この上演の案内役のソプラノ歌手のルネ・フレミングは、「どうしてあんなことができるの。私なんか、持ち上げられただけで声が出ないわ」と幕間で、嘆息交じりにガランチャにインタビューしていた。こんな芸当は、あのナタリー・デッセイの『夢遊病の女』以来だが、あれを上回っていた。

こうしたビジュアルでダイナミックな演技を鑑賞した興奮は、音だけのCDでは味わえない。歌劇はやはり「見て聴いて楽しむ」ものなのだ。あのガランチャの熱演を私の職場のフランス語の堪能な同僚は、アメリカで私の帰国直後にＭＥＴで見て「あれはすごかった」と自慢げに話していた。（私の場合、オペラグラスなしで楽しめた、と言うのが精一杯だった）

随分と余談が長くなってしまった。私たちは「見て聴いて楽しむテレビ時代」に生きている。みんな見ているから、解説はほどほどでいいんだ、と言う主張もわからないではない。しかし、専門性があって理解を深めようとする人なら、実況者がどう伝え、解説者がどう解説してくれるのか、それは小さな問題ではない。解説は鑑賞の邪魔と思われるのもいけない。邪魔ではなく、鑑賞を上手に補助をしてくれる解説、これを私は欲しいのだ、と改めて思う。

七、「脱穀」に魅せられた日々

(一) デュフィの絵との出会い再び

あの絵に出会ったのは、中学二年生の時だった。それまでにも、モネやセザンヌやゴッホといった印象派を中心に「いいなあ」と思ったことはあったが、この絵は私にとって別格だった。

それまでの私の中の「絵の常識」を全く覆すものがこの絵にあって、尚且つ、とても魅力的なのだ。常識を覆すといえば、ピカソのようなキュビズムが、現代的と言われ、もてはやされたが、私には少しも「美」を感じられなかったし、心打つものではなかったからである。この絵の下には、ラウル・デュフィ「脱穀」と書かれていた。とても大雑把に見えるハケ塗りしたような色や、小学生でも描くような輪郭線であっても、私の心を摑んで離さない。

この頃の私は、およそ学校の勉強とはほど遠い趣味に明け暮れていた。卓球に、興味を持ち始めたクラシック音楽、そして少しだけ学校の勉強に関係した海外文通、そして近所の友達との囲碁・将棋に没頭する毎日だった。とりわけ、海外文通は、米国の小学校の女の子やフィンランド、オーストラリアの子供たち、それに中国広州の学校の先生と四ヶ国七人と、習いたての英語で頻繁にやりとりしていた。そんな生活の中で、美術の教科書で出会ったのが、このラウル・デュフィ「脱穀」である。

デュフィの絵の特徴は、よく言われるように、輪郭線と色がずれていたり、輪郭線がまるで即興的なポンチ絵のような筆使いであったり、色彩が明るく大胆な原色を用いたりで、それまでになかった画風を築いた。そして、油絵よりも低く見られていた水彩画を同格にまで引き上げた功績は大きい。

そんなデュフィとの出会いから、二〇年も経っただろうか、八〇年代半ばになって、私は、関西勤務となって、休日にはよく美術館、博物館巡りを繰り返していた。というのもこの頃立て続けに、セザンヌ展、モネ展、ボストン美術館展、心遠館コレクション、デュフィ展、シャガール展など、著名な画家たちの作品を見る機会に恵まれていたからだ。中でも西宮にある大谷美術館で一九八三年五月に開かれた「デュフィ展」は、あの中学時代の経験から、心躍るものがあった。あの頃飽きずに見た教科書のデュフィを直に見ることができるのだから。私は、夢中になって、長い時間かけて展示された絵画を見て回り、帰りには、デュフィ展の記念のカタログと、水彩画「エッフェル塔」の実物大コピーを買い、満たされた気分だった。そしてしばらくは、この「エッフェル塔」を部屋に飾ったりしていた。この「デュフィ展」で、私の「デュフィ熱」が再び頭をもたげることになる。そして不思議なことに、デュフィの絵を見るたびに、モーツァルトやリヒャルト・シュトラウスの音楽を思い浮かべ、それらの音楽を聴くにつけ、デュフィの絵を想起するという感覚に驚くこともしばしばあった。パリ国立近代美術館の作品管理・資料課責任者のアントワネット・レゼ＝ユレが、あの「デュフィ展」のカタログに寄せた「デュフィの芸術」という論考の、「彼は音楽を絵画たらしめ、また絵画を音楽たらしめるのである」という名言をまさに実感した。

ラウル・デュフィ（一八七七〜一九五三年、七五歳没）は、フランス西部のノルマンディー地方のル・アーヴルという港町で、九人兄弟の長男として生まれた。父は、小さな金属会社の会計係であったが、町の教会の指揮者・オルガン奏者として、音楽的な資質の持ち主で、裕福ではなかったが芸術的な雰囲気の中で、デュフィは育ったと言われる。デュフィの二人の弟はのちに画家となり、一人は音楽評論家になったという。そんなデュフィも音楽には、人並み以上に関心を抱き、前出のレゼ＝ユレによれば、『ラウル・デュフィのあらゆる作品は、ひめやかな音楽をともなっている』というマルセル・ベル・ド・テュリックの言を引用した後で、「シャルル・ミュンシュの証言により、彼が国立音楽院のオーケストラのリハーサルの熱心な立会人であった」とか「彼がこのように音楽の趣味を身につけ、またそれをなくさなかったのは、このように日頃音楽に沈潜しえたからである。モーツァルトは彼が禁欲的なキュビズムから脱皮する際の〝彼の神〟であった」と書き、デュフィにとって、絵画と音楽が密接に関わっていたことを強調する。

ショパンやモーツァルト研究で名高い高橋英郎氏は、新潮美術文庫『デュフィ』の中で、「モーツァルト頌」「バッハ頌」「ドビュッシー頌」の三つを紹介する中で、こう言う。

「デュフィは、モーツァルトをもっとも敬愛していたが、バッハ、ドビュッシー、そして（若い頃には）ショパンにもそれぞれに讃歌を捧げている。……バッハの赤、モーツァルトの青、ドビュッシーの浅緑を基調としたほとんど同じ構図の絵が、デュフィの最後の年に描かれたのは、これら天才への並々ならぬ愛を物語っていよう」

「モーツァルトが、単純さのなかに愛し合う音たちを求めたように、晩年のデュフィは、単純な色彩における諧調を求めた画家といえよう」「デュフィは音色を色彩に変えることができるほど、音楽に精通していた」「『青はその諧調のいかんにかかわらず、それ独自の個性を保ち続ける唯一の色であり』それゆえにデュフィのもっとも好んだ色」と。それゆえに高橋氏は、モーツァルトに青を用いたデュフィの敬愛度合いを感じている。

そして『光がなければ、フォルムは生きるに至りません。色だけではフォルムを際立たせるのに充分ではありません。我々はまずなによりも光を知覚し、その次に色を感じる』というデュフィ自身の言葉を引用し、高橋氏は、デュフィの考えの基本と絵の本質を理解し、「デュフィは自分の生涯を振り返って、『光を求める戦い』と呼んでいる」「デュフィの絵は、みずから語っているように、『優しく逸楽的なすべてのものへの愛』を歌い上げている。その歌が人々に爽やかな歓びを与えている以上、〝光を求める戦い〟も、充分、存在理由があったのだ」と結んでいる。

近代フランス美術研究の権威のアルフレッド・ヴェルナーは、「世界の巨匠シリーズ『デュフィ』」の解説（小倉忠夫訳）の中で、冒頭で、「アンリ・マティスは……、デュフィの死去を知ったとき『デュフィの仕事は後世に残ろう』と、寸言を呈した。この予言は、哀悼の時に発せられた単なる憐れみの言葉ではなかった。というのは、マティスは長い生涯を通じて、才能ある人が名声をえたかと思うと、時とともに再び忘れ去られる例をあまりにも多くみてきたからである」と書いた。そしてデュフィの絵の特徴を「これらの絵の喜びと快活さは大部分美的な要素から発生している。軽やかで、すばやい筆勢の魅力、主要な色彩の完全なハーモニーから生じる完璧な静けさの雰囲気、東洋をしばしば想わせる、夢幻的なパターンの装飾的な美しさ、等である。彼の眼は醜いものすべてを消し去るように作られていたという……彼の自信に満ちた言葉はたしかに二〇世紀美術の大部分の動向とは相容れない」「デュフィの絵画はすべてある程度は物理的リアリティに基づいているけれども、現実の地中海は決して彼の画中の地中海のように、燐光を発するほど青くはない。デュフィの絵筆は花、芝生、海岸、シュロの樹、そして客間の室内に、きわめて魅惑的で変化に富んだ彩調を与えており、そこには人間の生きる希望の源であるオプティミズムがあふれ輝いている」と要約している。

デュフィは、前掲の三人の音楽家（バッハ、モーツァルト、ドビュッシー）の絵を描いたが、それだけではなく、オーケストラや弦楽器など数多くの音楽にまつわる作品を残した。しかしそれが私にデュフィの絵と音楽を想起させる直接的な要因ではない。このアルフレッド・ヴェルナーが指摘する「オプティミズム」こそが、あの透明感あるモーツァルトを感じ、時折ラテン風の奔放さを感じる明るさを持つリヒャルト・シュトラウスを感じる、音楽的な絵画と言われる根拠でもある。そしてまたモーツァルトと同じく管弦楽曲やオペラにおいて、これまでの型にはまった音から解放されつつも、確かなしっかりした骨格をもつ人間的魅力に溢れたリヒャルト・シュトラウスの音楽にも通じていて、あの体験に繋がっている。リヒャルト・シュトラウスは、デュフィよりもひとまわり年長であり、ドイツのミュンヘンで生まれて、同じ時期に活躍した。二人は直接的な交友の接点は見つからないが、リヒャルト・シュトラウスもまたモーツァルトを尊敬し、影響を受けていたことから、確証があるわけではないが目指すべき共通のものが二人にあったような気がする。

中学校の美術の教科書の話に戻るが、デュフィの「脱穀」の隣には、モネの「ポプラ並木」の絵があった。この絵もデュフィほどではなかったが、それでも好きな絵だった。ゆらゆらと空高く並び立つポプラは、ふわふわとした雲の中で、不思議な魅力があって、それに泥濘の地面は、絵の具の塗りつけ具合がとても面白い雰囲気を醸し出していた。後に見たコローのポプラの幻想的な雰囲気とも違う、明るさの中の木々の躍動を見た想いだった。爾来モネにも関心を持つことになるが、モネとの出会いは、有名な「睡蓮」ではなく、「ポプラ並木」だった。そして、本物のモネ作品との出会いは、「デュフィ展」を見た時から半年前の一九八二年の一二月のことだった。

クロード・モネ（一八四〇～一九二六年　八六歳没）は、時代的には、音楽で言えばドヴォルザークやチャイコフスキーと同年代であり、その頃東洋では、アヘン戦争があり、日本では、高杉晋作や伊藤博文などと同年代で、江戸末期から明治・大正を生きた人である。私がこの画家に惹かれたのは、晩年の「積みわら」やあの「ポプラ並木」「大聖堂」「睡蓮」といった有名な連作ではなくて、一八七〇年代すなわちモネの三〇代の作品で、二〇代の頃のように八歳年上のエドゥアール・マネに憧れ、その強い影響からマネの作品と見紛うような絵から脱して、モネ自身を見出した時期でもあった。この頃モネは、普仏戦争から逃れてオランダやイギリスに渡っており、その後パリ近郊のアルジャントゥイユで暮らした時代に描いた作品に、私は特に魅力を感じる。後に「印象派」と言われる元となった「印象・日の出」やイギリス滞在時に描いた「グリーン・パーク」そして「グラジオラス」「ひなげし」「雪のアルジャントゥイユ」「サン・ラザール駅」「ラ・ジャポネーズ」「旗で飾られたモントルギューユ街」など、印象派を牽引したモネの力量を彷彿とさせる作品群である。どの画家も、先人の模倣に近い初期の作品から、次第に画家それぞれの個性を滲ませた画風へと進化を遂げていくが、その作品の魅力が、後になればなるほど高いものであるかどうかは、鑑賞する人の好みにもよる。

モネが晩年に描いた連作群は、よく言われるように「循環」「無限」を意識した究極的な高みとも言えるが、それはベートーヴェンの晩年の作品が目指した宗教的境地に似ている。「ミサ・ソレムニス」を経て「交響曲第九番」に至った、あのプロセスである。そうであってもベートーヴェンのそれまでの作品の魅力がないとは言えない。私の好きな交響曲#五、#六、#七は今なお魅力的だし、珠玉のピアノソナタの輝きは、私たちを捉えて離さない。それと同じような感覚をモネにも抱いてしまうのは、私だけだろうか。

そんなわけで、私のモネ好みは「アルジャントゥイユ時代」であったし、今も変わらない。モネ展で買い求めたコピーの「ラ・ジャポネーズ」（モネが妻のカミーユに着せて描いた）は、長い間デュフィの「エッフェル塔」と共に、私の部屋に飾られていた。そんなモネとの再会からさらに、一六年ほど後（一九九八年）のことである。私は、在籍していた会社の国際提携交渉のため、頻繁にロンドンを訪れていた。一番激しい時は、往きの飛行機のクルーよりも早く帰国するといった有様だった。そんな折に、バッキンガム宮殿にほど近いところのホテルから散歩していて、グリーンパークを何気なく横切ったのだが、その時ふとあのモネの「グリーン・パーク」を思い出したのだった。あの緑一色と言っても様々な「緑」で描かれたあの魅力的な絵の風景が、今まさにここにあるのだという感慨である。日本で明治維新さめやらぬ一八七〇年頃モネはここでこの風景を見ながら、あの絵を描いていたのだという感慨である。まるで明治維新を体験した自分がここにいて、キャンバスを広げて描くモネを見ているような、おかしな感覚であった。ただ一つだけあの絵と実際のグリーンパークの印象が異なったのは、モネが見た頃よりも木々が生い茂ったせいか、それほど広くはないむしろ狭い公園というイメージが残ったことだった。そこには我々と同じ格好をした市民が、犬を連れて散歩を楽しんでいた風景があった。

私のようないかにも素人の浅薄で直感的な絵画鑑賞とは異なって、いつも分析的で作家を取り巻く歴史や社会を深く掘り下げながら、縦横無尽に絵画鑑賞の面白さを提供してくれる中野京子さんなら、どうデュフィや初期モネ作品を解説してくれるのだろうか。そして人物の出てこない絵画の見方では、どんな手法で解説してくれるのかも興味深い。ともあれ、すごい美術解説者が出てきたものだと舌を巻く。スポーツ解説のところでは、自分勝手に解説者の悪態をついてきた私も、中野京子さんの前では、ただ畏まってお説を拝聴するしかない自分を想像してしまう。それほどまでに、アマチュアとプロの違いを痛感する。

アマチュアとプロの差が近いほど、そのアマチュアが優れているか、プロがだらしないかだが、逆に差が大きいほど、アマチュアのレベルの低さかプロの優秀さを痛感するわけだが、いざ渦中に置かれると、自分のレベルの低さを棚に上げてしまう感情はどうしようもない。目で見る芸術は、名解説者に出会うと、いろいろな解釈が成り立たないような説得力を持って迫ってくる。そこが「百聞は一見に如かず」の別の側面からの証左でもある。

同時に、音楽や芝居の場合、「原作者（音楽の場合作曲家・作詞家）↓演奏者（再現者）↓鑑賞者」であるが、絵画では「制作者（画家）↓鑑賞者」であり、再現者＝第一鑑賞者（第一解釈者）の介在なしに、制作者と直接会話することになる。音楽や芝居の場合、演奏者によって提供された作品自体が、一つ一つの創作ともなりうる芸術を意味することになるが、絵画では、提供される作品はあくまで一つしかない。音楽の場合、作曲家の原作に触れるのは、演奏なしに（或いは自らの解釈で演奏するために）スコアに直接触れる指揮者・演奏家・評論家の類である。それだけに、絵画の場合は、作品鑑賞は、いきなり原作者とどう向き合うのかが問われる、文学と同様の難しさがあるし、醍醐味でもある。

料理の場合は、原作者がほとんどの場合、明確になっておらず、作品が人々の中で共有されているために、再現者↓鑑賞者の構図になる。加えて、料理の場合、刺激される感覚は、視覚・味覚・嗅覚・触覚・聴覚など五感はフルである（しかも触覚では、歯ごたえ・歯触り・喉越し・温度など多様だし、それぞれの感覚が他の感覚を経験的に刺激し合う）。だからと言って、料理が最高の芸術だとも言えない。「音楽はあらゆる知恵や哲学よりも高度の啓示である」とベートーヴェンが宣ったと言われる。確かに心の琴線に触れる音楽は、本当に奥深くて素晴らしい。ずっとその包み込んでくれる海の中にいたいとも思う。しかしこれらの芸術や学問の中で、これが最高なのだ、ということなどあるとは思えない。音楽の中ですら（或いは同じ芸術分野の中でも）、同じことが言える。実践する人、鑑賞する人の受け止めかた、言い換えれば「魂の揺さぶられ方次第」とも言えるからである。また、どれかさえあれば、「大は小を兼ねる」のように他はいらないといったものでもないからである。多様性の中にあるからこそ、それぞれの良さを実感できたり、自分の好みが生じたりする。それが、文化・芸術といったものの正体なのだとつくづく思う。

自分の好みに合わないとか、不得手な領域の文化・芸術を、自らが避けることは仕方がないとしても、力で排斥したり、蔑視したりするのは、どうにもいただけない。ダイバーシティの尊重という精神はこういうことなのだろう。形式要件を満たしていればそれで済むという訳ではない。異質のものを、社会的に共存できる状況において、受容していくことが、本当の平和社会の基盤にあるべきなのだと思う。

（二）絵画展の思い出

あれほどバカバカしい絵画展はなかった。一九七四年四月二四日のことである。上野の東京国立博物館は、名画を一目見たいと思った人々が押し寄せ、大行列をなしていた。まるでご利益を得たいと願う信者のように。私もまたその中にいた一人である。長い行列の先に見えたそれほど大きくない名画は、一〇メートルほど先に、ガラスのケースの中に、厳かにも置かれ、その前には、近づくことを拒否する、大仰なチェーンで守られていた。そしてわずか一～二分で、後続する人に最接近場所を譲らなければならなかった。これは当該博物館や隣接する国立西洋美術館と並んで「文化庁」が主催者として名を連ね、「外務省」が後援する異例の扱いだったのである。「私は確かに本物の『モナリザ』を見た」という、ただそれだけの為に。一片の感動もなく、ただ接近したというだけのために、多くの人が押し寄せ、多額の「寄付」とも言える入場料を出しての一大イベントだったのである。興行的には、大成功だったに違いない。

押し寄せた人が悪いのか、図らずもこんな「名画鑑賞」の場を設定した主催・後援者が悪いのかは、一概に言えないが、少なくともおよそ「本物の絵画鑑賞をしたい、して欲しい」と願う素朴な願いからは、大きくかけ離れてしまったことには違いない。その激しい落胆の思いは、隣の西洋美術館で同時開催されていた「セザンヌ展」（五〇〇円）の充実感によって、多少なりとも緩和されたような気がした。

興味がなかったわけではなかったが、実物を見る機会がなかったことで、日本画については、西洋絵画よりも遅くに出会った。私が育った家は、大きな病院の側で、看護学校が併設されていて、その看護学生の寮（寄宿舎と呼んでいた）があった。その一番端の部屋は、ベテラン看護婦・指導員の部屋で、時に窓を開け放った時に見えた、あの尾形光琳の「紅白梅図屏風」の大きな額に入ったコピーは、子供ながらに「大胆な構図と、金泥を巧みに用いた魅力的な絵」という印象を持って私の記憶に残っていた。それぐらいの印象しかない私だったが、一九八三年の五月に見た「ボストン美術館所蔵　日本絵画名品展」（京都国立博物館）は、あの「デュフィ展」を見た同じ月のことで、強烈なインパクトだった。

江戸時代から、明治時代にかけて、仏教及び仏教美術は、受難の時期だった。儒学や神道の隆盛を背景に、「廃仏毀釈」の運動が起こり、宗教がらみの今でいう文化財が破壊されたり、廃棄されたりと散々だった。文化を破壊する行為は、日本では今でこそ「絶対にしてはいけない、あってはならない」との国民的合意が形成されていて、海外で宗教間・国家間の闘争・戦争で、こうした事件が映像を通して報道されると、嫌悪感を覚えるのだが、わずか百年前のこの日本で実際に起きていた。

芸術が宗教の興隆・伝播と共に進化・発展を遂げた反面、異なる宗教からの格好の破壊・撲滅の標的にされて、存続の危機にさらされたことは歴史の中で数多く見られる。宗教に裏付けられた芸術は、その宗教の「主張そのもの」でもあるからである。芸術を味わうためには、何よりも様々な宗教への「寛容さ」が求められることを教えている。

百年前に日本に来たあの「大森貝塚」発見で有名な米国のモースは、日本の失われてゆく文化遺産の価値をいち早く見抜き、それをフェノロサやビゲローに伝え、彼らを日本に赴かせた。またその弟子である岡倉覚三（天心）らとともに、その保全・保護活動に奔走する。そのようにして収集されたのが、今日ボストン美術館に所蔵されている国宝級も含む日本の美術品の数々である。

「ボストン美術館所蔵　日本絵画名品展」を本当に間近で見ることで、私の日本美術への関心は一気に高まった。このような大掛かりな（八〇点に上る）外国の所蔵品を一挙に公開されることもなかったし、その質的な高さにも驚かされた。まさに日本画についても、その意味で、外国から逆輸入される形で、私の中に定着することになる。「音楽は生演奏を聴かなくちゃ本当の良さはわからないよ」、というのと同じように、いやそれ以上に美術品は、間近で（触れることができれば最高）鑑賞することができれば、作者の息遣いに触れたような気がして、感動の度合いもまた大きくなることを実感していた。

この展示会では、平安時代の仏画、「吉備大臣入唐絵巻」「平治物語絵巻」、雪舟らの山水画、江戸時代の著名な画家（狩野山楽、狩野探幽、尾形乾山、土佐光起、長谷川等伯、長谷川左近、与謝蕪村、曾我蕭白、円山応挙、伊藤若冲、司馬江漢、歌川豊春、葛飾北斎ら）たちのどこかで見たことのある名品がすらりと並んでいて、壮観そのものだった。中でも私には、「平治物語絵巻」の猛烈な火炎の中での戦闘場面は、とても印象的だった。この作品は、鎌倉時代のものだが、すでにこの当時から、日本画のレベルは、超一級であったことがわかるし、天平・飛鳥時代から続く今日の「ハイレベルの絵画技法」のルーツを見た思いがした。また蕭白のダイナミックな「仙人図屏風」もとても素晴らしかった。

そして、日本画への決定的な思いが噴出したのが、一九八五年の「海を渡った日本の美心遠館コレクション」（大阪市立美術館）を見た時だった。心遠館は、伊藤若冲の画号の一つで、それに因んで米国人ジョー・プライスが、戦後伊藤若冲の作品を中心にコレクションを収蔵・展示するために建てた美術館であり、若冲のみならず、多くの著名な画家の作品を所蔵しており、この時は、九二点が出展された。

私は、この時、若冲の「紫陽花双鶏図」「鷲図」や酒井抱一の「三十六歌仙・四季草花図」など層の厚さを感じさせる江戸期の絵画たちに目を奪われてしまった。とりわけ若冲の絵の前では、鶏の眼光に魅せられて、私はしばし釘付けとなってしまった。この展示会がおそらく「若冲ブーム」の先駆けとなり、二一世紀に入って起きる本格的な「若冲ブーム」へと繋がっていく。一九七七年に発刊された別冊太陽「海外へ流出した秘宝」では、若冲のことは全く取り上げられていない。それくらい若冲は、日本ではつい最近まで注目されていなかったのである。江戸期の極彩色で緻密極まる「動植物画」（若冲の『動植綵絵』に代表される）は、単に観賞用としてだけではなく、学問的でもあり、実用的な面も備えていた。その点において、西洋のボタニカルアートを凌駕すると言っても過言ではない。日本人は、なんという伝統的な財産（美意識・美的センスとそれを生かした造作、それを支える精巧な道具類）を持っていることか、と胸を張りたくなる。

私の日本画への興味は、その後横山大観から、草花を画題とする牧進や中島千波などに及び、今日に至っている。それというのもあの「若冲」との出会いからである。

ジブリアニメ映画に代表される、今日世界にこれほど注目される日本のアニメ映画制作技術の素晴らしさを誰が予想し得たであろうか。それは、漫画・アニメの世界で先行して磨かれた、伝統に支えられた日本画の技術の存在があることを忘れてはならない。それが漫画作家の世界においても堂々と継承され、我々の少年時代に親しんだ手塚治虫や馬場のぼるはじめ多くの先駆者たちの切磋琢磨がある。

漫画で思い出したが、私が小学五年生の時（一九五九年）に、初めて「週刊」の漫画本が、発行された。「少年サンデー」である。創刊号はまだ中綴じの綴じ方で、火曜日に出された。連載漫画の中でも私のお気に入りは、野球漫画の「スポーツマン金太郎」というもので、桃太郎と金太郎という二人の少年が、様々な創意工夫で、ライバルに勝とうと努力する物語であり、発行を待ちかねて本屋に飛び込んで買い求めた。ついでに言えば、この第三号のクイズで当選した私は、「ゲルマニウム携帯ラジオ」を手に入れ、朝五時の放送開始から布団にくるまって聴いていた忘れられない思い出がある。そして、その当選で、大阪の少年から、宮城県の私と文通をしようと言われ、しばらく続いた。

そんなことはともかく、日本画の魅力は、貴族趣味的なものから、大衆受けするものに至るまで、その素晴らしさはそこここに発見できる。それというのも、長い歴史に裏付けられた、日本画の壮絶な競争・競合の中での切磋琢磨がなせる賜物であろう。健全な競争のない文化・経済・政治などあらゆる社会活動分野で後退・荒廃現象が起きてくることは、歴史が証明している。天平・飛鳥美術以来の宮廷中心に興隆した芸術は、正統に継承されてきた。更に室町以降には、中国に学び、固有の世界を築いた侘び寂びの「水墨画」、そして安土桃山から江戸期の絢爛華美な色彩溢れる絵画は、あたかもこの世界で両極の思想表現が「弁証法的展開」を見るかの如く、互いに競争・競合しながらも発展し続け、新たな世界を生み出していくことになる。そして、それらの大衆化、例えば、江戸期の瓦版や浮世絵などを通じて、これを支える裾野の広い美的感覚の国民的な養成、これらが一体となって、明治期の欧化思想に対抗し得た、日本画を含む美術品の存在価値を知らしめた真の要因であったと私は思う。廃仏毀釈の波が、日本全土を覆い尽くせなかった理由もそこに一因があり、岡倉天心のような人物を生み出した背景でもあるし、西洋画の世界でも通用する画家を相次いで輩出できた謎はこうして解ける。

そこが、明治以降の教育面で「日本の音楽のその後」との大きな相違点になっている。「鹿鳴館」の音楽版とも言うべき明治期の音楽教育は、教育現場から日本の伝統に根ざした音楽を消し去り、今日にまで至っている。まるで、日本人が「洋服」にすっかり馴染んでしまったように。私の尊敬する民族音楽研究の大家小泉文夫先生の指摘に大きな共感を覚える。「ある民族の音楽文化は、音楽だけでなりたっているものではなく、言葉だとか……自然環境、歴史的風土、社会的習慣など、……その民族の文化全体と密接な関係のなかで育ってきているはずなのに、そういうことをほとんど考慮せずに、明治以来西洋音楽を基本とする音楽教育が、国家的規模で行われてきた。……どう考えても我々の常識を超えている。……こういう大胆な実験を行なっている民族は、私の知る範囲では、世界に日本人だけです」（『日本音楽の再発見』團伊玖磨＋小泉文夫　講談社現代新書　八ページ）

しかし一言断っておかねばならないが、日本音楽は、廃れたのではなく、その後強かに民衆の中に、また伝統芸能とともに生き続け、独自の進化を遂げる。

また外から指摘されて、日本の伝統美を再認識するのは、今に始まったことではないが、今日のテレビ番組で、日本の伝統技術などの良さ・美しさに憧れる外国人を見ると、日本人もうわべだけの「クールジャパン」発見ではない、もっと深く足元の美に目を向けてもいいのでは、と思う。

私が今、注目している期待の日本画家（襖絵師）は、村林由貴さんである。京都の妙心寺退蔵院の襖絵を一〇年がかりでこのほど完成させ、公開される運びとなった。彼女の大胆な構図でしかも繊細で柔らかくも迫真の描写は、伝統を継承しながらも奥深い禅の世界へ我々を誘ってくれる。「絵は哲学でもある」ことを改めて教えてくれる絵師である。

あとがき

前著『私の見た昭和の風景～耽游疑考』を読んでいただいた方から、「まえがきとかあとがきを書いてくれたら、著者の書いた動機や意図がわかって、もっとよかったのに」と言うご意見を少なからずいただいた。確かに、その通りだが、著名な作家でもない私が、私的なことを書いたとて、何が面白かろう、と敢えて書かなかった。しかし、ご意見もごもっともで、読んでいただく以上、より身近に感じていただくためにも、それは必要なことだった、と思い至って、前回の非礼を詫びつつ、今回は書くことにした。

副題の「耽游疑考」は、私が三〇代半ばで、メーカーの工場経理課長をしていた頃のこと、自分の専門外である「開発・生産技術」の分野で、素人ながら、これはおかしいのではないか、こうすればもっといいんじゃないかといった、素朴な疑問と改善策について、週に一回のペースで約三ヶ月にわたって図解入りで書き綴り、思い切って関係者に配った資料の表題がこれであった。その反応は、「何を素人が」というものから「面白いんじゃないか」といったものまで様々で、地方にあってやや蛸壺的な雰囲気に、一石を投じたことは間違いなかった。勿論素人ゆえの「的外れや針小棒大」なこともあって、とりわけ反発した技術屋からは、私の専門分野への風当たりも厳しいものとなったが、私はそれはそれで、我々も進歩できるのなら良いと率直に思った。しかし何よりも、書いたものが皆の話題になり、議論する材料となったことは嬉しかった。「次号はいつ書くのか」といった声もあった。そして、それから三八年の年月を経て、今このエッセイを書きだした時に、あの頃の「耽游疑考」という言葉（私の造語）が蘇ったのだった。

エッセイ風の文章を書くことにしたのは、直接的には、何のことはない「ボケ防止」にと、頭を使っての思考活動のためだった。二〇一九年に四八年間の会社生活に別れを告げて、さあ、これから旅行や好きな料理でも楽しみながら、妻への罪滅ぼしでもしようか、まず近場の名所巡りを始めた矢先に、新型コロナ禍で、巣篭もり生活を余儀なくされた。このままでは、「ボケ」を早めるばかりだと思い、始めたのが文章を書こうとした動機である。とは言っても、何か一般の人でも読めるようなものが書けたら、いいなとか、子供たちに、父親がどのような時代を何を考えながら生きてきたのかを残すのも悪くないなあ、とも考えた。しかし、やってみると、私には、途方もなく難題で、止めようかとも、止めたら後悔するだろうなあ、とも考えた。

いやこの際、思ったことを率直に書いたらいいのかもしれないと、開き直って、テーマをあまり意識せずに書き始めた。書いてみると、表題「耽游疑考」のようなことに収斂していくことがわかったので、それはそれでいいかと。つまり自分の興味あることとしか書けない、と言うのがわかっただけでも収穫だった。

とにかく私は、いろいろなことに中途半端に興味が向いて、ダボハゼの如く、食らいついては別の興味に心移りがしていくタイプなので、あまり深い考察ができていない。専門家じゃないのだから、当然といえば当然だが。素人なら素人らしい文化・芸術の見方もあってもいいじゃないか、と居直ったら、少し気が楽にもなった。

そして少しだけ違うのは「人一倍の感激屋さん」なので、感銘を受けたものには、どこかで「のめり込んでしまう」習癖が頭を擡げてくる。これはよく言えば特技と言えなくもない。


今回のテーマは、「死」に関するものが多かった。年初に学友の訃報を聞き、二月には、書いている最中に、長年のゴルフ友達が膵臓癌で急逝した。彼は奥さんを数年前に亡くし、同じく亭主を亡くした近所の古いママ友と話し相手になれて喜んでいた矢先だった。私もこれは、ショックだった。後期高齢者に近づいて、嫌でも死について考えざるを得ないことだからか。

新型コロナの5類への移行で、私たちと「友達感」が出てきたのであろうか、気持ちの面で少し薄らいだ。しかし、ウクライナの方は、どうにも見通せない。「防衛問題」「エネルギー問題」「防災・減災」「インフレと賃上げ」「隣国中国の大国主義」……の難問を抱えて、二〇二三年は動いていく。

子供たちには、平和で住み良い社会を残したい。後期高齢者である我々は、現役を退いても、社会から退けないので、少しでも若者の負担を少なくしながらも、そう願って生きていくしかない。

この本を刊行するにあたり、初めの三橋節子さんところでは夫鈴木靖将さんには、節子さんの思い出を懇切丁寧に教えてくださったほか、作品の提供もご快諾頂き、また三橋節子美術館長の平石誠二氏には、さまざまなご尽力を頂いた。そして、全体を通じて発刊に至るまでご尽力いただいた文芸社の須永賢氏並びに竹内明子氏には、ここに心からお礼を申し上げたい。

文芸社に出稿してから程なく、最終章の末尾で書いた「注目している日本画家（襖絵師）村林由貴さん」が、急逝されたことを知った。本当に残念でしかたがない。ただただご冥福を祈るばかりである。彼女への思いを消し去ることができず、文章はそのまま残すことにした。

二〇二三年六月

著者プロフィール

佐々木 保行（ささき やすゆき）

1948年宮城県生まれ、東北大学法学部卒。
住友電気工業（株）法務部長、
住友ゴム工業（株）代表取締役専務執行役員、常勤監査役を歴任。
趣味：ゴルフ、音楽・美術鑑賞、料理、読書、海釣り、囲碁、将棋。
著書に『私の見た昭和の風景～耽游疑考』（2022年、文芸社）

蘇る「湖の伝説」　～続　耽游疑考

2023年12月15日　初版第1刷発行

著　者　佐々木 保行
発行者　瓜谷 綱延
発行所　株式会社文芸社
〒160-0022　東京都新宿区新宿1－10－1
電話　03-5369-3060（代表）
03-5369-2299（販売）

印刷所　株式会社暁印刷

ISBN978-4-286-24767-0　JASRAC　出2307349－301